古典詩歌研究彙刊

第九輯

龔鵬程 主編

第 19 冊

江進之詩學理論與實踐

林美秀 著

國家圖書館出版品預行編目資料

江進之詩學理論與實踐／林美秀 著 -- 初版 -- 新北市：花木
蘭文化出版社，2011〔民 100〕
目 2+142 面；17×24 公分
（古典詩歌研究彙刊 第九輯；第 19 冊）
ISBN 978-986-254-537-9（精裝）
1.（明）江進之 2. 明代詩 3. 詩學 4. 詩評
820.91 100001475

ISBN-978-986-254-537-9

9 789862 545379

古典詩歌研究彙刊
第九輯 第十九冊 ISBN：978-986-254-537-9

江進之詩學理論與實踐

作 者 林美秀
主 編 龔鵬程
總 編 輯 杜潔祥
出 版 花木蘭文化出版社
發 行 所 花木蘭文化出版社
發 行 人 高小娟
聯絡地址 新北市永和區中正路五九五號七樓之三
電話：02-2923-1455／傳真：02-2923-1452
網 址 http://www.huamulan.tw 信箱 sut81518@ms59.hinet.net
印 刷 普羅文化出版廣告事業
初 版 2011 年 3 月
定 價 第九輯 20 冊（精裝）新台幣 28,000 元

江進之詩學理論與實踐

林美秀 著

作者簡介

林美秀 1956 年生，嘉義市人，國立高雄師範大學國文研究所博士。2006 年自國立高雄應用科技大學文化事業發展系教授退休。著有：《中國十大鬼怪傳奇——到鬼怪世界走一回》、《袁中郎的性命思想與文學論述》、《漢語文學的古典傳統論述》、《王松詩話與詩的現代詮釋》，及單篇論文若干。曾獲國科會及教育部等八次研究獎勵。

提　要

　　往昔讀文學史，特嚮往晚明性靈之聲；翻閱晚明詩卷，只見貓、鼠、鬼魅皆可入詩；檢視前賢論評，亦和倡「獨抒性靈」重韻、重趣之言；索其真性情與韻趣的指涉，則不免茫然，遂發念爬梳條理、漸隤積功，以究晚明性靈文學的義蘊。然而萬里之基，肇於足下，是以先取一家，以為隅反。

　　公安文學以詩著，操文柄者實為宏道，歷來論述亦多著力於袁氏。公安諸賢中，江進之與宏道同為楚人，誼屬同年，出仕江蘇，復官在比鄰，兩人相與講唱詩文，性靈論調，因此漸盛，當時並稱「江袁」。但考查江氏著作，原多闕佚，前賢偶有論及，不過列名點卯，或零辭碎語，無法進窺全豹。查其闕佚作品，多為中央圖書館所典藏，堪供研究需要，故擇定進之詩學，作為學術探索之基，冀能藉以詳究一家之學，進而窮源返本，以明公安文學梗概。

　　詩歌為文化思想的表現體，任何理論的興起，必有文學發展的歷史機緣，其價值意識，實與時代文化思想潛氣相通。本論文即從文化論觀點，檢視理論語言，審察創作實踐，交叉覆覆，期使主題豁顯，更詳析真實。題為「江進之詩學理論與實踐」，計約八萬字，分六章完成。

　　第一章導論，從經濟型態與社會結構，探討晚明社會狀況，揭露晚明文化思想庸俗化，與市民文藝興起的特色。第二章晚明文學思潮與進之文學思想的形成，承導論所述，說明前後七子與公安派的時代典型性，及前後繼起的歷史機緣，拈出進之時代文學思潮的課題，進而敘述其文學思想的時代色彩。

　　第三章進之詩本性情的意涵與憑據。先檢別名言，從詩歌美學典範——當行、本色的認定，說明詩本性情說偏向本色之實；次則探討創作憑據——真情實境、學、才，以輔助說明，為第四章真詩的創作理論張本。順此脈絡，第四章純就詩論立說，先拈出創作主體——元神，說明其為虛靈的識心；次則敘其創作原則——用今，徒見其僅在語言文字上求新異；發為創作，則流於率爾操觚，任情以為真。其後提出價值判準，一為詩人本色表現的真、趣，二為高格勝義——古，為一籠統的理想境界。第五章進之詩歌風格的特質，先辨析創作體製，彰顯其「宋型詩歌」的特性，進而論其風格，與前述各章前後呼應，以證成「創作實踐與詩學理論，皆能得其條貫」之說。

　　第六章進之詩學的考察，即本文結論。綜攝勾勒，說明進之詩學特徵有三：

一為新變說的文學演化史觀，二為知性美感的開展，三為筆傳學語、心源乾涸。篇末有江進之年譜簡表及著述考各一則，為保持正文架構的有機性與完整性，但列為附錄，實為本論文寫作的奠基工作。

　　探索的歷程，幸蒙師長發引指點，凡有疑惑，方能迎刃而解，本文只是學步之作，但究明進之詩學的特色，雖標舉性情，實則重知性機趣，而寡於性情，敘於正文；及發現袁小修所記進之年五十而卒，實為五十三之誤，一得之愚，聊誌於譜中。

目

次

第一章 導 論
——晚明社會與文化思想

　　文化是人處理生活所表現的智能與價值創造，所以哲學學者賴醉葉（Ladrière）認爲：

　　　　一個社會的文化，可以視爲是此一社會的表象系統、規範系統、表現系統和行動系統所形成的整體。（引自沈清松先生著，《解除世界魔咒》，時報出版社，1984 年，頁 24。）

　　〔註1〕

〔註 1〕 本論文於當句下夾註引文出處體例大抵有七：

　　（1）凡係排印本則依次爲作（編、譯）者、書名、出版社、出版時間、版次（若爲初版則不標列）、冊次、頁碼，若作者、書名等在行文中已言明，則省略。

　　（2）爲善本書影印本則依次標注版本、作者、書名、卷數、篇名，葉碼，葉碼上下則以 ab 區別，凡上所列，若在行文中已言及，則不重複加注。

　　（3）若係爲普遍性的引文，如論語、莊子等文字，但注明篇名，其餘部分省略。

　　（4）引用書中，若作者、或出版社、出版時間交待不清者則以（？）代替。

　　（5）夾註出處，如爲原文原書出處者則直接標注版本如上四所列，如係二手資料轉錄，則起首加用「引自」二字，如係略引，則起首加「詳」字，如係爲觀點或論說的參考則加「參見」字。

　　（6）引用書與前一夾註同者，略註「見前揭書」下加卷、頁（葉）、不另標列版本。

表象系統是社會人群的認知系統，規範系統是行爲準繩與價值歸趨，表現系統是藝術創造的形式與風格，行動系統是治理社會、造福人群有關的典章文物制度與政策；這四個系統構成的文化，因爲社會人群的思考模式、價值判斷之異，遂形成各個社會文化的特殊性。是以，四者分立並列，顯示文化現象的多樣性，統貫綜攝的則是文化思想精神；思想精神有歷史傳承性，亦有時代特殊性，精神思想所繫在人，即爲人的意識型態，人是社會結構的分子，〔註2〕社會結構又與經濟型態相倚而變，是以，文化是經濟型態、社會結構與意識型態相激相盪而成，本文即從經濟型態與社會結構的特色，探討十六世紀以後明代社會狀況，以進窺晚明的文化思想。〔註3〕

第一節　晚明的社會狀況

一、晚明社會的經濟型態

　　唯物論者提及中國社會經濟，每以明嘉靖（1522～1566）前後，十六世紀爲「中國資本主義的萌芽期」；〔註4〕執此論點已先預設中國

　　（7）引用篇章與前一夾註爲同書同篇者，略註「見前揭文」下加頁（葉）碼。若頁碼亦同者則不另標註。
〔註2〕此處所謂的社會結構是指社會制度中個人及群體安置的方式。
〔註3〕本論文晚明的畫界斷自十六世紀以後，參考的因素有三：
　　（1）明代自嘉靖（1522～1566）以後，政治益形腐朽，黨派紛爭，土地兼併激烈，民變漸起，韃靼入寇……國勢急轉直下。經濟狀態社會結構皆呈現新的變化與發展。
　　（2）有明一代自洪武（1368～1398）至崇禎（1628～1643）國祚達二百七十五年，若均分爲三，則十六世紀中葉（1550）以後爲晚明。
　　（3）本論文探究對象——江進之生於嘉靖癸丑（1553）卒於萬曆乙巳（1605）適合此種畫界架構。
〔註4〕標舉此說者，多爲大陸學者，如吳承明、許滌新主編之《中國資本主義發展史》，谷風出版社，1987年，傅衣凌《明代江南市民經濟試探》，谷風出版社，1986年；李光璧《明朝史略》，帛書出版社（？）等皆是。

資本主義必然發生，資本主義爲西方文化型態的產物，中西文化性格各異，如此比論，方法論上有其侷限，但是由此可見，當時社會經濟發展已超越前代，呈現新變化與高度繁榮。此一發展基線，便是貨幣權利的增長與生產品商品化交叉互動，所形成的商品經濟型態。

自然經濟的社會以絹帛等民生日用品爲貨幣，唐武德間，發行開元通寶，我國貨幣的形式意義始告確定，其後商事日繁，錢用日殷，有以「飛錢」、金銀爲貨幣者，北宋有「茶引」、「鹽鈔」、「見錢交引」等票據。迄明，貨幣更爲統一，洪武初，發行「洪武通寶」；四年，又改鑄通寶大錢爲小錢；爲便於大額交易，洪武八年，又發行「大明寶鈔」，分一貫、五百文、四百文、三百文、二百文、一百文六種；洪武二十二年，又造十文至五十文小鈔；（詳中華四部備要本，《明史》，卷八十一〈食貨・五錢鈔〉，葉 1a。）並且白銀交易亦極普遍，若正統夏時所創鼠尾冊，嘉靖的綱銀、一串鈴、十段錦，乃至一條鞭的實施，皆規定以銀折納稅賦；貨幣統一，與白銀的普遍使用，更加速貨幣權利的增長。

貨幣權利增長，易導致資金集中，市場中商人活躍，商品經濟型態益形發展。自然經濟體制下，流轉的物資，多爲官府徵課所得的實物，銷售對象以貴族、富戶爲主，流通性單純；明代商品經濟型態的特色之一，便是商品交易頻繁，種類繁複，原爲奢侈品的絲織物，也普及化爲民生日常用品，萬曆年間的《鉛書》，記載江西鉛山商品市場情況，曾說：

> 其貨自四方來者，東南福建則延平之鐵，大田之生布，崇安之閩筍，福州之黑白砂糖，建寧之扇，漳、海之荔枝龍眼。海外之胡椒、蘇木。廣東之錫、之紅銅、之漆器、之銅器。西北則廣信之菜油、浙江之湖絲、綾綢。鄱陽之乾魚、紙錢灰，湖廣之羅田布、沙湖魚，嘉興西塘布、蘇州青、松江青、南京青、瓜州青、紅綠布、松江大梭布、小中梭布、湖廣孝感布、臨江布、信陽布、定陶布、福青生布、安海生布、吉陽布、粗麻布、書坊生布、漆布、大刷

> 竟、小刷竟、葛布、金溪生布、棉紗、淨花、子花、棉帶
> 褐子花、布被面、黃絲、絲線、紗羅、各色絲布、杭絹、
> 綿綢、彭劉緞、衢絹、福絹，此皆商船往來貨物之重者。（引
> 自傅衣凌，《明代江南市民經濟試探》，谷風出版社，1986
> 年，頁 17。）

奢侈品、日用消費及生產原料皆參雜其間，可見當時手工業與農家副業，已爲市場進行生產，遂使農業經營轉趨多元化，如崇禎何喬遠《閩書風俗誌》所載：

> 福州，閩中一都會也……頗饒魚鹽果實紡織之利……泉州
> 枕山而負海，田再易，園有荔枝、龍眼之利，焙而幹之行
> 天下……附山之民墾闢磽确，植蔗煮糖，黑白之糖行天
> 下……惠安地少壞多，宜稻三之，宜麥一之，登麥之後，
> 是種蕃薯，可以支歲。辮纑織芋，有萵屢蟋蟀之風焉……
> 輞川……家養雞鵝羊豕，可以鬻他郡……（引自前揭書，
> 頁 11。）

同一省中，各縣依特有的環境條件，作多種多樣的經營，農民生活來源，頗有依賴商品化的農業產品。爲擴大經營規模，獲取產銷利潤，於是進而實施專門化與地域分工，產品呈現大量商品化現象，這又刺激貨幣權利的增長，明代都市坊會興盛，商人階層抬頭，即商品經濟型態下的產物。

二、晚明的社會結構

社會結構是人際關係的網絡體系，是人與人及其社群關係的組織原則。宋以後由於經濟轉型、社會變遷，人逐漸脫離「戶籍身分」，建構成新的人際關係。當時，社會組成，主要以兩種法則綜攝人群，一爲經濟，一爲知識，依經濟關係組合的結構體，又有農業莊園人口與商業城市人口之別；而依知識關係則集結爲知識階層，此三種不同社群，代表三種不同社會生活範式，並且依氏族、會社等法則建構組織，達成其社會功能。（參見龔鵬程先生，《江西詩社宗派研究》，文史哲出版社，1983 年，頁 105。）晚明社會結構體系，大致與此相仿，

然除以知識爲普遍階層化的要件外，最突出者爲商人階層的抬頭。

商品經濟的發展，與貨幣權利的增長，人際間「人與財產」的隸屬關係，逐漸轉變爲平等互惠的契約關係。如農業租佃之制、工商業雇傭制度的興起皆是。契約關係便是貨幣取向的合作方式，據明初徐一夔《始豐稿》卷一〈織工對〉中云：

> 錢塘之相安里，有饒于財者，率居工以織……日傭爲錢二
> 百，（吾）衣食于主人，以日之所入，養（吾）父母妻子。
> 于凡織作，咸極精致，爲時所尚，故主之聚易以售，而傭
> 值亦易以入。傾見有業同吾者，傭於他家，受直（按：「直」
> 通「值」）略相似。久之，乃曰：「吾藝固過于人，而受直
> 與眾工等，當求倍直者而爲之傭。」已而，他家果倍其傭
> 之。（引自李光璧，《明朝史略》，帛書出版社，？，頁 22
> ～23。）

此種織工便是僱傭性質，其去留以「受直」合理與否爲斷，即爲貨幣取向的互惠關係，貨幣權力擴大，改變人們的財富觀念，刺激追求金銀、貯藏貨幣的慾望，亦促進商人階層的興起。

復以當時宗教轉趨於入世，儒者由偏重心性修養，轉而面對客觀情勢，相對的肯定「私」、「欲」、「治生」的現實性，對於商人社會地位，亦予重作估量。如王陽明《節菴方公墓表》云：

> ……古者四民異業而同道，其盡心一也；士以修心，農以
> 具養，工以利器，商以通貨，各就其資之所近，力之所及
> 者而業焉，以求盡心，其歸要在於有益於生人之道，則一
> 而已。（中華，四部備要本，《陽明全書》，卷二十五，葉
> 10a。）

基於「有益於生人之道」的觀點，肯定士農工商四民並重的社會價值，又泰州學派王棟述其師王艮社會講學，開首即曰：

> 自古農工商賈，雖然不同，然人人皆可共學。（黃宗羲，《明
> 儒學案》，卷三十二之六〈泰州學案一〉，河洛出版社，1974
> 年，上冊，頁 91。）

孔孟聖傳，不再是少數人專利，而已普及至農工商賈，人人得與聖人

共明共成。

　　四民關係平等化，各階層往來日繁，社會益形開放，原來綜攝社群的兩大法式——知識與經濟，逐漸鬆動，士商關係的變化，尤為歷代所僅見。據歸有光（1507～1571）〈白菴程翁八十壽序〉所載：

> 新安程君少而客於吳，吳之士大夫皆喜與之遊……子孫繁衍，散居海寧、黔、歙間，無慮數千家，並以詩書為業。君豈非所謂士而商者歟？然君為人恂恂，慕義無窮，所至樂與士大夫交，豈非所謂商而士者歟？（《震川集》，卷十三，世界書局，1964年二版，頁168。）

壽序為應酬文字，震川所記不必為程翁之事，然而白菴程翁為十六世紀人物，〔註5〕卻可用以詮釋當時的社會現象。程翁為商，子孫多以詩書為業，可知士多有出於商賈之家；而「所謂士而商」、「所謂商而士」，一則顯示士商關係的升降變化；又著「所謂」二字，更說明此種情況的普遍性，非一人一地之事。

　　商人社會地位的提升，亦非純以財富之故，更有其內在的自覺——與儒學的結合。此可分二層探究，其一，就與知識結合而言，商業經營必須有一定的客觀知識，如同知識階層，必須以「詩書」為業，商人而具有相當的專業知識，即是以知性的方法，達到生財致富的目的。其二，就與倫理道德結合而言，商業活動，亦為人際關係的一環，人情交往，自有其內在的倫理秩序，交易活動亦然，儒家道德倫理，於此提供最佳的參考途徑。而儒家倫理的吸收，雖有高層、通俗之別，均需藉助儒家書籍，此無形中又使商人對傳統文化，具有基本程度的認識。明代中葉以後，出刊大批商業書和民間通俗文學，正與商人階層的嗜好有關。震川所謂「士而商」、「商而士」亦需從此理解；程翁的「為人恂恂，慕義無窮」，可視為商人倫理的標竿，代表商人對於儒家道德規範主動的價值選擇。商賈與儒學的關係，因人而有層面之

〔註5〕歸有光生於1507年，卒於1571年，為十六世紀人物，程翁亦當同時。

異、重點之別，但二者的結合，卻爲明代商人階層所共趨，爲其財富的累聚，社會地位的提升，預備了優厚的條件。捐納制度之設，便是此一歷史背景的證實。

從經濟型態到社會結構的多元互動以觀，宋明兩代的社會型態，皆爲經濟商品化與知識階層化的時代，明承宋後，特色更顯，十六世紀以後發展更爲典型，晚明文化的形成，亦因於宋而有別。雖時人擾嚷於尊唐祧宋之間，而其「宋型文化」性格，觀諸經濟型態與社會結構，正毋庸置喙。

第二節　晚明的文化思想

商品經濟的發展與士商關係的升降分合，促成市民階層的興起。市民是城市的住民，成員以知識份子及工商業者爲主，他們酬酢往來，市民文化於爲而盛。自中唐社會結構變遷以降，都市坊會漸起，市民文化即逐漸萌芽，宋文化已有庸俗化的傾向。日人青木正兒即曰：

> 六朝至唐，文人生活以貴族豪華趣味爲主調。到了宋代，文人以庶民質素趣味爲主調。貴族好雅，庶民好野，純雅流於奢侈，純野流於俚鄙；宋代文人取二者的調和，以清出之。（引自龔鵬程先生，《江西詩社宗派研究》，文史哲出版社，1983 年，頁 111。）

宋文化調和雅俗，是要化俗爲雅，故雖有庸俗化的傾向，但猶能以復古爲開新；有理想的提撕，故能剝落繁華，而出之以清澹。

明代中葉以後知識的普及性，尤勝於宋代，市民階層的勢力，幾與官衙抗爭。隨著市民生活、娛樂的需求，文化庸俗化的現象，益發顯著。由下列三事可見：一、通俗文學的盛行。二、文化表現體的平民化。三、思想的入世轉向。

就通俗文學的盛行而言，通俗與雅正是相對的詞語，通俗文學是流行於基層社會，爲世俗民眾所喜愛的文學，明代此類文學特盛，如

傳奇、短劇、散曲、長短篇小說、笑話、彈詞、鼓詞、道情……一應
皆備，形式的多樣性爲歷代所罕見。〔註6〕此類作品多爲民間文人所
編寫，如馮夢龍致力於民間文學整理，編纂《山歌》、《古今譚概》和
《笑府》，湯顯祖著有傳奇四夢等。凡此，一則顯示城市市民知識水
準的提高，與強烈的娛樂訴求，一則顯示文人對於通俗文學的認同，
而此種認同意識則建立於「化民成俗」與「歌頌眞情」之上，綠天主
人（按：即馮夢龍）《古今小說》敘云：

> 大抵唐人選言，入於文心；宋人通俗，諧於里耳。天下之
> 文心少而里耳多，則小說之資於選言者少，而資於通俗者
> 多。試令說話人當場描寫，可喜可愕，可悲可涕，可歌可
> 舞，再欲捉刀，再欲下拜，再欲決脰，再欲捐金。怯者勇，
> 淫者貞，薄者敦，頑鈍者汗下：雖日誦《孝經》、《論語》，
> 其感人未必如是之捷且深也。噫！不通俗而能之乎？（收
> 錄於四部刊要《宋明話本叢刊》，葉3a。）

小說以其通俗的特色，切近民族生活經驗，易於引發讀者共鳴，其內
容所展現的忠孝節義，復足以興頑立懦；而《論語》、《孝經》等經典
之作，雖爲先聖倫理的教科書，然通俗性不足，是以論其化民成俗之
效，反在小說之下。由是以觀，文學的通俗化，非純以取悅於大眾爲
足，而別有一番人性的關懷，與文化的理想，然而說話人當場所描寫
者，可令人「再欲捉刀，再欲下拜，再欲決脰，再欲捐金」，如此強
烈的情感訴求，過度單純化的直覺反應，其動人雖速，而其足以提攜
人性者又復幾何？然明代文人所歌頌的眞情，殆多同於此類。馮夢龍
《山歌》敘中即說：

> 書契以來，代有歌謠，太史所陳，並稱風雅，尚矣。自楚
> 騷唐律，爭妍競暢，而民間性情之響，遂不得列於詩壇，
> 於是別之曰：山歌。言田夫野豎矢口寄興之所爲，薦紳學
> 士家不道也……且今季世，而但有假詩文，無假山歌……

〔註6〕現代通俗文學時爲盛行，種類繁多，但其形式非創始於明代，自前
　　　代已逐漸醞釀形成，故言爲歷代所罕見。

> 若夫借男女之眞情，發名教之僞藥，其功與〈掛枝兒〉等，
> 故錄〈挂枝兒〉而次及山歌。（收錄於國立北京大學，《中
> 國民俗學會民俗叢書》，東方文化書目複刊，1970 年，頁
> 1。）

山歌之爲眞，詩文之眞假，原因無他，一爲民間性情之響，一爲薦坤
學士之言，前者爲男女之眞情，熱烈奔放，後者衡情而後出，爲名教
之僞藥，以其僞假，故宜在批駁之列。此後世論王學末流所謂「情識
而肆」之發，非僅公安派文人同倡此調，即與陽明同時，主格調、復
古的李夢陽，亦同主是說，認爲「眞詩乃在民間」。（見《空同集》，
卷十〈詩集自序〉，葉 2b。）據沈德符，《萬曆野獲編》，卷二十五〈詞
曲、時尙小令〉所記，李夢陽於聽〈鎖南枝〉、〈傍粧臺〉、〈山坡羊〉
之類民歌後，認爲可以直繼國風，何景明「亦酷愛之」，（詳錄於《筆
記小說大觀》，新興書局，1977 年，六冊，頁 647。）是知，明代文
人所歌頌之眞情乃民間之性情，價值意識所取在此，雖欲化民成俗則
恐緣木求魚，終究淪爲以俗爲俗而已。

　　文化世俗化的走向，由一切文化表現體可見，詩文的平民化尤爲
昭然，歸震川號爲明文第一大家，其傳誦人口者，如〈項脊軒志〉、〈寒
花葬志〉、〈先妣事略〉等，皆敘事之作，凡所描繪多家庭瑣事，樸實
自然而卻熨貼動人；王世貞晚年作〈歸太僕贊〉即曰：

> 先生於古文辭……不事雕飾而自有風味，超然當名家矣。
> （《震川集》，附錄，世界書局，1963 年二版，頁 520。）

所謂「不事雕飾而自有風味」正好點明震川古文平民化的機格，亦顯
示元美晚年詩文觀的價值取向。日人吉川幸次郎《元明詩概說》指陳
擬古派的文化意識，也說：

> 從表面上看來，復古派以古典爲惟一楷模的態度，好像帶
> 有貴族化的色彩；而他們力求與古典同歸一致的作法，也
> 似乎含有煩瑣主義的傾向。其實並不盡然，無寧說正好相
> 反。這個運動是在崇尙簡易、率直、劇烈作風的時代裏，
> 體現了簡易、率直、劇烈的精神，應運而生的文化現象。（鄭

　　清茂先生譯，幼獅文化事業公司，1986 年，頁 188。）
「簡易、率直、劇烈」便是市民文藝訴求的特色。

　　詩歌平民化，自中唐已然，宋詩多有以方言、俚語入詩者，明詩甚而以民間性情之響爲眞詩，法式所在，不論七子之復古，公安之直抒性靈，論詩皆主「眞性情」，而此「眞」多是原始性的眞情實感，爲生活瑣細之事刹那的觸發，故情出於沈潛者少，事經篩選者寡，則詩不流於情肆趣卑，則流於平淡纖細，非但平民化而已，直庸俗化矣。戲曲、小說的梓行，爲迎合市井小民的趣味，往往刊刻版畫插圖以利促銷，成就明版畫的輝煌歷史，而版畫木刻的藝術表現則一如戲劇，重視情節的合理逼眞，描寫人情世態的悲歡離合。此外，繪畫藝術也充分回映時代的脈搏，仇英的院體青綠山水，吳派沈周、文徵明、唐寅等皆然，他們接近世俗生活，描繪日常題材，筆法風流瀟灑，秀潤纖細。明中葉以後，青花、鬥彩、五彩等新瓷日益精細俗艷，皆是同一社會意識下的產物。

　　從通俗文學的盛行，到詩文、版畫、繪畫、瓷器等的表現，皆可視爲商品經濟下市民文藝的反映，超越這些現象，所以主導萬有的意識理念，則爲思想的入世轉向。中唐以降，社會結構的潛在發展，與文化意識的相互激盪，中國宗教思想，已轉而面對現實生活，反省批判原有的教義，提出改革性的主張，如禪宗唐代高僧懷海禪師所創「一日不作、一日不食」的普請法，〔註7〕原始教律乞食納衣，不事生產的經濟倫理，遂而改弦易轍，元明本《幻住清規》即詳載此說，主張「心存道念，身順眾緣」、「事無輕重，均力爲之」。此種入世苦行的

〔註 7〕據余英時先生《中國思想傳統的現代詮釋》〈中國近世宗教倫理與商
　　　　人精神〉（聯經出版社，1987 年，頁 277。）所引《百文清規》卷下
　　　　〈大眾章〉第七說：「普請之法，蓋上下均力也。凡安眾處，有合資
　　　　眾力而辦者……除守寮直堂老病外，並宜齊趣。當思古人一日不作，
　　　　一日不食之誠。」又《禪林象器箋》卷九〈叢軌門〉曰：「集眾作務
　　　　曰普請。」可知「普請」制度是寺中一切上下人等同時集體勞動的
　　　　制度。

精神，見諸新道教，爲對此世的肯定，主張專以篤人倫、翊世教爲本；淨明教更直以「忠孝」立教；蛻化爲民間思想，則謂天上神仙需下凡歷劫，完成人間事業，方能「成正果」、「歸仙位」。儒家以內聖外王自期，其入世思想自孔孟已然，至宋明儒推而標舉人倫日用之學，究其內在理路，則必出朱子之所以教君子，擴大層面，普及於民間，乃迄乎陽明之所以教小人……三教所操異術，而面對人間的關懷，重新正視存在的困限，因應歷史環境客觀的條件，企圖建構一套親切易行的思想體系，則爲此期自覺反省下，所共遵共守的價值意識。

　　存在的環境爲一客觀情勢，客觀情勢的理解，非爲宗教思想的道德傳統，而爲一價值中立的知識範疇，明人特別關心「治生」問題，張又渠《課子隨筆》卷二載一則明人家規：

> 男子要以治生爲患，農工商賈之間，務執一業。（引自余英
> 時先生，《中國思想傳統的現代詮釋》，聯經出版社，1987
> 年，頁339。）

又陳確於《陳確集》文集卷五更主張「學者以治生爲本」：

> ……確嘗以讀書、治生爲對，謂二者眞學人之本事，而治
> 生尤切於讀書……唯眞志於學者，則必能讀書，必能治生。
> 天下豈有白丁聖賢、敗子聖賢哉！豈有學爲聖賢之人，而
> 父母妻子弗能養，而待養於人者哉！（四部刊要本，漢京
> 文化公司，一冊，頁158。）

將「仰事俯恤」的生計問題，視爲人生第一要務，非但一般庶人如此，即以經世濟民爲己任的知識階層莫不皆然，是以，中葉以後，西學傳入與商品經濟高度發展，帶動生產分工與經營企業化，爲提供市民治生的客觀知識，《一統路程圖記》（黃汴）、《商程一覽》（陶承慶）、《三台萬用正宗》（余文臺刊）、《鼎鐫十二方家參訂萬事不求人博考全編》（明刊）、《奇器圖說》（王征、薄珏等著）、《柳庭輿地隅說》（孫蘭著）……等經濟日用百科全書大量刊行（參考余英時先生，《中國思想傳統的現代詮釋》，聯經出版社，1987年，頁363～364。）市民於治家計之餘，復有結社賦詩、賞玩古董之娛，是以大批的笑話書籍，

〔註8〕如《山中一夕話》（李贄）、《應諧錄》（劉元卿）、《諧語》（郭子章）、《談言》（江盈科）……應機而盛，供其效曼倩之詼諧，貌晉人之風流，胸出智珠，語傾四座。除此，詩文、戲曲、繪畫、版畫的描繪世俗生活，色彩的鮮明富麗，均爲思想入世化後，重視客觀情勢與知識的表現。

市民階層雖亦有知識份子雜乎其間，然有明一代，君有昏庸，士結朋黨，又復寵縱閹宦，廷杖大臣；特殊政治環境的限制，一般士子人人自危，開濟天下的文化理想，已陷溺於現實的困境之下。十六世紀以後的文人尤然，他們以山人、吏隱自居，遊於市井，雜揉三教思想，談玄說理，嘆賞嵇阮風流，如何突破存在的局限，再創文化的新局，已全然置之不論，直至明末（十七世紀）東林人士出，「論學以世爲體」「相與講求性命，切磨德義」（黃宗羲，《明儒學案》，卷五十八〈東林學案一〉，河洛出版社，1974 年，下冊，頁 50。）文化慧命的曙光始再朗現，惜乎國祚已極。終明之世，大抵而言，思想文化是繼續宋以來的發展，具有世俗化的傾向，然市民階層的影響力更爲突顯，表現於文化上者，多爲世俗民眾貌似風雅的意識投射。

〔註 8〕據《永樂大典・目錄》卷四十四載卷之一萬六千八百九十笑韻，全卷皆爲「笑話書名」，度明初以前笑話書皆嘗著錄於其中。惜此卷《永樂大典》不在今存各冊內，否則明初所存笑話書當可窺其全豹，楊家駱先生主編《中國笑話書》（世界書局，1985 年）輯有明人笑話書三十七種。

第二章　晚明文學思潮與進之文學思想的形成

　　明代文學論評，流派林立，格調、性靈，學古、師心，尊唐、祧宋，紛爭迭代，邵紅先生《明代文學批評資料彙編》緒論（成文出版社，1981 年再版，頁 2。）譽爲：繼六朝之後，堪稱中國文學批評的第二個盛季。觀諸時代背景：詩文集的大量刊刻、文人結社的盛行，又處詩文體製發展完備之際，時人紛然競起，騁其知思，冥搜往古，檢視當代，探討詩文創作之道，原是市民文化與重知意識下的時代產物。然而盛則盛矣，細細尋釋，求其足以超越前代，成一家之言者，則如鳳毛麟角。何故？思想庸俗化，中心無主，不能化俗爲雅，直以俗爲俗，拘拘於筆傳學語而已。

第一節　思想庸俗化下的典型詩論

　　十六世紀以後，由於市民文化的發展，與政治現實的局限，此一現象特顯。弘治以迄萬曆（1501～1620），論詩文者其大較有二：一爲擬古，一爲師心，前者以李夢陽、何景明、李攀龍、王世貞等前後七子爲代表，後者以公安三袁爲偏至。〔註1〕七子與公安在文學思潮

〔註 1〕錢鍾書先生《新編談藝錄》（？，1983 年，頁 417～422。）竟陵出
　　　於公安條謂：後世論詩以公安竟陵與前後七子鼎立參靳爲非，明清

中，〔註2〕前後繼起，後者之於前者，口誅筆伐時出偏激之辭。

七子主格調，認為「文必有法式」（《空同集》，卷六十一〈答周子書〉，葉12a。）故「師匠宜高」（王世貞，《藝苑巵言》，卷一，葉7b。）標舉第一義為高格，古體宗漢魏，近體宗盛唐，而七古兼及初唐，論文則曰「西京之後作者勿論」（《空同子》，〈論學〉上篇）論詩則謂：宋無詩，唐無賦，漢無騷。（詳《空同集》，卷四十七〈潛虬山人記〉，葉10a。）以「高格」為典範判斷詩文的優劣，所謂「勿論」「無」者，係「優劣」價值的否定，非詩文的有無，而否定的理由是——不合典範。

公安文人則執異說，宏道更負盛氣，持論尤為偏激，其〈與張幼于書〉說：

> 世人喜唐，僕則曰：「唐無詩」；世人喜秦漢，則曰：「秦漢無文」；世人卑宋黜元，僕則曰：「詩文在宋元諸大家」。（《袁中郎全集》，卷二十二，葉16a。）

立言確有矯枉之過，而其所以否定唐詩、否定秦漢文，亦自有文學上的理由，即「去唐愈遠，然愈自得意」（同前揭文）依宏道的體會，執著於「古之高格」，無法適切表達當代文人的情意，時有古今，語

之交詩家實為竟陵七子兩大爭雄：吳宏一先生《清代詩學初探》（學生書局，1986年再版，頁221。）論袁枚承袁宏道性靈說而詩文集中絕口不提，其因有二，一為袁宏道為時人所輕視，二為其著作當時被焚燬。

按：鍾譚曾評選《唐詩歸》、《古詩歸》風行一時，其影響當代，可能較公安為巨，然從思想的發展，袁小修《珂雪齋前集》中所言及考鍾譚交游，皆可斷言竟陵係出於公安。

〔註2〕「七子」一詞，用法頗多異議，一般都習慣以「七子」作為李夢陽、何景明、康海、王廷相、邊貢、徐禎卿、王九思七人的合稱，為別於李攀龍、謝榛、王世貞、宗臣、梁有譽、吳國倫、徐中行等後七子，乃將李何等稱為前七子，據邵紅〈明代前七子的時代背景及文學理論〉中指出：「七子」一詞原指王、李等後七子而言，嘉靖之時，並無七子之稱，（載於《幼獅學誌》十八卷二期。）本文稱「七子等」為模稜之詞，泛指前後七子等擬古之流，並視其為有共同文學主張的流派。

言亦有古今，〔註3〕「古之不能爲今者，勢也」(《袁中郎全集》，卷二十二〈與江進之書〉，葉 21b。) 故唯有「窮新極變」，〔註4〕方能寫物我無遁情。從新變觀著眼，「唐無詩」、「秦漢無文」、「無」是「適用」價值的否定，古法不適時用，故反對以古爲師，其在〈敘竹林集〉中論道：

> 善畫者師物不師人，善學者師心不師道，善爲詩者師森羅萬象，不師先輩。(《袁中郎全集》，卷一，葉 11a。)

此所謂之「人」、「道」、「先輩」，皆代表一種「格套」，格套具有限指性，爲特殊時空下的法式，係相對於表現主體而存在；故中郎倡言師物、師心、師森羅萬象，一言以蔽之，要肯定表現主體的虛靈妙用。

可見二家詩論不同，評選的標準有古今優劣的歧異，創作方法有擬古、師心之別，儼然呈矛盾對立之局。然則二說果然勢相鑿枘互同水火嗎？其間是否有匯通之道？何以得視爲時代意識形態下的典型詩論？

就方法論而言，擬古與師心是不同層面的強調。文體殊製，本質亦別，初學執筆吟咏，則需熟習文學規範，儲備文學知識；進而登堂入室，一窺詩人應物之懷，興感之由，故偏重擬古，重格調法式。待諸法皆備，操筆之際，要如庖丁解牛 (《莊子》，內篇，〈養生主〉第三)、輪扁斲輪 (《莊子》，外篇，〈天道〉第十三)，以道心爲主導，既能守「法」弗失，又能超越「法」的束縛，所謂「役於法而不爲法所役」，此時則偏重師心，師森羅萬象。言「偏重」者，於創作學習的歷程，二者係呈辨證性的發展，不可截然二分。法式的掌握非一蹴可幾，傳統的詩文評尤然，印象式的指點，非賴學者恬吟密咏，配合

〔註3〕此語原出自袁宗道《白蘇齋類集》卷二十〈論文〉上，葉 1a，然袁宏道在江盈科《雪濤閣集》序中亦同申此意，曰：「夫古有古之時，今有今之時，襲古人語言之迹，而冒以爲古，是處嚴冬而襲夏之葛者也。」(《袁中郎全集》，卷一，葉 6b。)

〔註4〕袁宏道於〈雪濤閣集序〉中評江進之詩有「窮新極變，物無遁情」(《袁中郎全集》，卷一，葉 6b。) 之語，此讚美之詞，可爲其「新變」觀作證。

實際創作的體悟，反複沈潛，則無法一登堂奧，故學的內涵有二：一為媒材的掌握，一為心體的修養，前者是知性積漸的進程，後者則為經驗消解的工作，是道心的開展。〔註5〕道心的涵養，是人生永恒的歷程，在媒材運用工夫的積漸中，同時也要不斷消解對媒材技術的執著，直至純任心體的妙用，此乃學之極詣，是技進乎道的境界，故嚴羽《滄浪詩話》論作詩，既要強調詩有別材別趣，亦要講究讀書窮理。所謂：

> 詩有別材，非關書也，詩有別趣，非關理也。然非多讀書、多窮理，則不能極其至。（〈詩辨〉，葉 3b。）

七子為反對臺閣體的暉緩冗沓，徒作歌頌之言，因有學古擬古之論，欲藉以體認文學的典範，重申文類的特質，故亦強調「師心」。如：

> 夫詩者，人之鑒者也。夫人動之志，必著之言，言斯永，永斯聲，聲斯律，律和而應，應永而節，言弗睽志，發之以章，而後詩生焉。故詩者非徒言者也。（李夢陽，《空同子集》，卷五十〈林公詩序〉，葉 5b。）

> 夫詩，本性情之發者也。其切而易見者莫如夫婦之間，是以三百篇首乎雎鳩，六義首乎風。而漢魏作者，義關君臣朋友，鮮必托諸夫婦以宣鬱而達情焉，其旨遠矣。（何景明，《大復集》，卷十四〈明月篇序〉，葉 12a。）

> 情者心之精也。情無定位，觸感而興。既動於中，必形於聲……因聲而繪詞，因詞而定韻，此詩之源也。（徐禎卿，《談藝錄》，葉 3b。）

> 詩有天機，待時而發，觸物而成。（謝榛，《四溟詩話》，卷二，葉 4b。）

> 才生思，思生調，調生格。詩即才之用，調即詩之境，格即調之界。（王世貞，《藝苑巵言》，卷一，葉 9b。）

由是以觀，詩之作必緣於情之興，亦為七子所共識，雖然彼等詩作中

〔註5〕道心係指藝術創作時毫無沾滯情虛靈妙的表現主體。

不乏模擬雷同之作，然而創作的失誤不足以否定理論本具的主張，故師心與擬古，在七子理論中，是兩不相妨的。

　　但以擬古末流創作偏失看來，上焉者，爲高格典範所縛，無法應感生情，因情爲文；下焉者，剽竊成說，萬口一聲，不辨面目；師心之說於是而興，公安文人「獨抒性靈，不拘格套」之論，即爲此一思潮下偏勝的一派。然而翻閱其人所論，亦非空言「師心」而已。袁宗道〈論文〉下便說：

> 今之文士，浮浮泛泛，原不曾的然做一項學問，叩其胸中，亦茫然不曾具一絲意見……夫以茫昧之胸，而妄意鴻鉅之裁，自非行乞左馬之側，募緣殘溺，盜竊遺失，安能寫滿卷帙乎……然其病源則不在模擬，而在無識，若使胸中的有所見，芭塞於中，將墨不暇研，筆不暇揮，免起鶻落，猶恐或逸，況有閒力暇晷，引用古人詞句耶？故學者誠能從學生理，從理生文，雖趨之使模，不可得矣。（《白蘇齋類集》，卷二十，葉 3b。）

論爲文之道，貴「使胸中的有所見」，搦管伸紙，但抒所見，無暇尋撦；而胸中之見亦非憑空而降，需由學問中來，學而自得，方能「從學生理，從理生文」，是以擬古亦學之一端，唯其但具有階段性的意義，可視爲進路，而不可作爲終極的目的，此宗道所以指責時人「其病不在模擬，而在無識」之意。宏道務矯當代蹈襲之風，論詩文之道，亦同此說，主張「博學而詳說」、「刊華而求質，斂精神而學之」。（《袁中郎全集》，卷三〈行素園存稿引〉，葉 8b。）是以，擬古與師心，在創作的學習歷程中，各具其不同的分位，若適當的掌握分寸，則可相輔相成。

　　取二派創作並觀：七子高華，公安纖巧；其理論與價值意識，自必各有偏倚，是以發爲詩文，風格亦異，大抵而言，人弊大於法弊，擬古末流不作學問唯模擬是務，師心末流亦束書不觀，唯任情而發。然窮本溯源，其弊在技巧者爲末，在性情者爲本。性情非作詩的必要修件，卻是創作優劣的充要條件，清・葉燮《原詩》中說：

> 我謂作詩者，亦必先有詩之基焉。詩之基，其人之胸襟是
> 也。有胸襟，然後能載其性情、智慧、聰明、才辨以出，
> 隨遇發生，隨生即盛。（引自《清詩話》，西南書局，1979
> 年，下冊，頁518。）

而二派皆在提供一簡易可行的創作方法，又將「性情」定位於「民間之性情」（詳第一章第二節）學者不知涵養本心，胸中了無境界，缺乏轉識成智的悟力，其末則流爲筆傳學語。於是擬古者胸無慧識，揮拓不開，只有委身爲古人奴僕；師心者則刻意好奇，取擬古者所棄，堆砌成篇，其末則流爲卑俗淺近。故學詩者專重客觀知識，師七子者擬於古，法公安者擬於今，不論師七子或法公安，皆在筆墨文字上作工夫，而無與於人之胸襟，此其時代意識重簡易、重客觀知識的佐證，亦其爲思想庸俗化下典型詩論的原因之一。

從另一根源性的理論歧異──文學典範的認定以觀，文學作品的詮釋，是讀者對作者意圖的探索；作者的意圖只可推測，實難以明知，讀者所面對者，爲作品作者，而作品中作者之實情爲何？從不同的角度切入，皆可得出不同的答案；是以作品的詮釋，係讀者對作品的再開發、再創造，其中關鍵所繫，在詮釋者自我主觀的認知；文學典範的認定亦同於此，其中寓有詮釋者主觀的價值選擇。

七子詩宗盛唐，標舉第一義，是辨別體製，王世貞序愼子正《宋詩選》即曰：「余所以抑宋者，爲惜格也。」（《弇川山人續稿》，卷四十一，葉20b。）公安主宋調，倡言「不拘格套」，而宗道有〈刻文章辨體序〉之作，（《白蘇齋類集》，卷七，葉3a。）是亦自有其「格」。宗盛唐者，以盛唐爲法式，故其著作多有盛唐氣象；而鍾惺〈詩歸序〉則謂其「取古人之極膚、極狹、極熟，便於口手者，以爲古人在是」，（《隱秀軒文》，昃集序一，葉7b。）言「以爲」者，貶抑之辭，是學唐而不似之意；且何景明〈與李空同論詩書〉亦曰：「今僕詩不免元習，而空同近作間入於宋。」（《大復集》，卷三十二，葉16b。）是宗唐而流於宋，李何大家，尙且不免，其餘諸人莫論矣，無怪乎吳

喬要逤斥七子爲「瞎唐詩」,(《圍爐詩話》,卷一引自《清詩話續編》,木鐸出版社,1983 年,上冊,頁 478。) 且其標舉人物,則推陶淵明、李白、杜甫,此三者皆爲宋人所重,淵明聲譽之隆,肇自於宋; 〔註6〕 李杜盛唐大家,而啓宋詩之端;知擬古者之「唐格」,實爲「宋型」之唐詩。公安文人:宏道之宗末,宗道之標舉白居易、蘇東坡,人物有唐宋之別,詩作則皆屬宋調。是知二派師法不同,而意識價值判準則爲一致。盡明代文化係衍宋之緒,透過時代意識型態的選擇,價值所尙逐趨於宋調;創爲詩文,亦流於宋,此其所以爲典型者二。

　　是以從擬古到師心,雖有詩人才情的因素存乎其中,但在理論發展上,有其歷史機緣, 〔註7〕 與時代意識的作用。七子因台閣體之弊而起復古之論,公安矯七子末流之失,倡爲師心之說;擬古者窒於成見,師心者塞於成心,皆執其兩端而不善學,此所以七子後期多轉偏師心, 〔註8〕 而公安後期則轉趨收歛, 〔註9〕 並且明末文人如屠隆、李維楨、潘穉恭等其思想莫不兼採二派之說,蓋文學思想發展的常理。然而二說皆刻意文事,只注重語言形式,不知涵養一澄懷觀道的表現主體,其所以異者,但爲文字風格之異,而實同爲思想庸俗化的意識型態,鍾惺敘《詩歸》之旨說:

〔註6〕 詳龔鵬程先生《江西詩社宗派研究》,頁 19 略謂:陶詩鍾嶸《詩品》載入中品,劉勰《文心雕龍・才略篇》述晉代人文,亦不及淵明,陶詩之見重,始自東坡和陶,與山谷之推崇,元明以降眾議僉同。

〔註7〕 此所謂歷史的機緣,係就文學思想的演變與發展而言,如公安繼七子而起,倡言師心以對治擬古乃文學理論發展的互捕振盪,此補作救弊之策即其興起的歷史機緣。

〔註8〕 謝榛《四溟詩話》卷二主張「詩有天機,待時而發,觸物而成。」(葉4b),王士貞晚年作〈歸太僕贊〉,且有「余豈異趣,久而自傷矣……」(《震川集》附錄,世界書局,1963 年二版,頁 520。) 之言,臨終猶手握《蘇子瞻集》皆可爲其轉偏「性靈」作註。

〔註9〕 竟陵係出於公安而主靈厚、學古、小修於中郎多所修正,其〈阮集之詩序〉中曰:「今之功中郎者,學其發抒性靈而力塞後來俚易之學」。(《珂雪齋前集》卷十,葉 10b。)

詩文年（按：「年」字宜作「氣」）運，不能不代趨而下，
而作詩者之意興，慮無不代求其高。高者，取異於途徑耳。
夫途徑者，不能不異者也，然其變有窮也。精神者，不能
不同者也，然其變無窮也。操其有窮者以求變，而欲以其
異與氣運爭，吾以為能為異，而終不能為高，其究途徑窮，
而異者與之俱窮，不亦愈勞而愈遠乎？此不求古人真詩之
過也。（《隱秀軒文集》，昃集序一，葉7a。）

即指出此種取異於途徑，無法探取詩心、窮通極變的困限，惜乎竟陵
亦未能從中超拔而出，徒玩索於一字一句間，以求古人之性靈，遂不
免於「見日益粗，膽日益僻」之譏。（錢謙益，《有學集》，卷二十〈婁
江十子詩序〉。）

第二節　進之文學思想的形成

　　文學思想是文學創作的導向，時代背景不同，因應於特殊時空的
創作理念隨之改易；改易之道，莫不審度當代文化的需求，檢視、反
省既行的文學理論，重新建構一套足以拯救時弊的對策。思潮之起，
非可轟然而盛，必有一、二先覺為之倡，漸自浸淫，而後蔚為風氣；
且批判建構的工作，在時代文化意識的激盪下，俊才碩彥，人人得而
發之，可異地同時並起，不必指證歷歷，必首其人，必明其師承而後
已。

　　公安派的興起，論其思想的啓蒙，一般多謂肇自李卓吾，〔註10〕
三袁最活躍的時期，約始於萬曆二十三年（1595）宏道與進之分宰長、
吳二邑之時，在此之前，他們的確曾數度拜訪李卓吾，〔註11〕但在李

〔註10〕劉大杰先生《中國文學批評史・公安派與竟陵派》（文匯堂，1985 年，
　　　　頁 289。）郭紹虞先生《中國文學批評史・公安派》（文匯堂，1970
　　　　年，頁 243。）乙節中均持此說。
〔註11〕周質平先生《公安派的文學批評及其發展・袁宏道年表》所載有三
　　　　次，首次在萬曆十八年（1590）春兄弟三人初見李贄於公安柞林。
　　　　其次在萬曆十九年（1591）宏道訪李贄於麻城龍湖，並留住三月。
　　　　第三次在萬曆二十一年（1593）四月，兄弟三人再訪李贄於龍湖。

氏之時，陽明心學已瀰漫整個思想界，〔註12〕論詩文者，如王愼中、
唐順之等唐宋派，與楊愼、徐渭、湯顯祖等，已不爲擬古所限，皆有
師心的主張。江進之爲宏道父《海蠡編》作序，曾指出袁氏一門皆學
道。

> 楚、七澤先生（宏道父），學悟玄同，心性超朗，於孔、釋
> 二家異派同源處，卓然有見……先生子三人，長太史伯脩
> （宗道）氏、次進士中郎（宏道）氏、文學小脩（中道）
> 氏皆習庭訓，深於名理，家學淵源，極一時之盛……（《雪
> 濤閣集》，卷八〈海蠡編序〉，葉 22a。）

所謂「學悟玄同」即指陽明心性之學，不論袁父所悟旨意爲何？三袁
學道是否承自庭訓？研習心性之學，爲其家風，乃是毋庸置疑的。

　　且據周質平先生〈袁宏道年表〉所載，（見《公安派的文學批評
及其發展》，商務印書館，1986 年，頁 196。）宏道與聞性命之學，
始於萬曆十七年（1589），後一年方與李氏首度謀面；而二人之相得，
則自萬曆十九年（1591）第二次拜會始，袁中道〈中郎先生行狀〉敘
此次會面的情形，曰：

> 時聞龍湘李子，冥會教外之旨，走西陵，質之李子，大相契
> 合，贈以詩，中有云：「誦君玉屑句，執鞭亦忻慕，早得從
> 君言，不當有老苦。」（《珂雪齋前集》，卷十七，葉 21b。）

可見李氏之於宏道，相契之情，甚於「得天下英才而教之」之樂；兩
人雖相與論學，但宏道思想，自有不待李氏而發者，探討江進之文學

〔註12〕黃宗羲《明儒學案》卷三十二〈泰州學案〉說：「陽明先生之學，有
　　　泰州龍溪而風行天下，亦因泰州龍溪而漸失其傳。泰州龍溪時時不
　　　滿其師說，益啓瞿曇之秘而歸之師，蓋躋陽明而爲禪矣……泰州之
　　　後，其人多能赤手以搏龍蛇，傳至顏山農，何心隱一派，遂復非名
　　　教之所能羈絡矣。」（河洛出版社，1974 年，上冊，頁 62。）李卓
　　　吾《焚書・羅近谿先生告文》中引述僧無念深有的話說：「某（無念
　　　深友）從公（卓吾）游，于亦九年矣，每一聽公談，談必首及王（龍
　　　溪）先生也，以及（近谿）先生。」（卷三，頁 148。）又李卓吾在
　　　南京曾師事王艮（心齋）之子王襞，因此可算是泰州學派的二傳弟
　　　子，其所承襲者，正是顏山農、何心隱一派的作風。

思想的形成，亦應作如是觀。

　　公安派開始活躍的時期，正是宏道赴任吳縣縣令之時；是時，進
之爲比鄰長洲縣邑宰；二人同登萬曆壬辰進士，誼屬同年，交往密切，
常相與講論詩文，宏道標舉性靈，進之歸本性情，論調極爲類近。然
其詩文見解，並非本相默契，據袁宏道〈哭江進之詩序〉說：

> ……猶記令吳之日，與兄（進之）商證此道，初猶不甚信。
> 弟謂兄曰：「果若今人所著，萬口一聲，兄何以區別其高下
> 也？且古人之詩，歷千百年讀之，如初出口；而今人一詩
> 甫就，已若紅朽之粟，何也？」進之躍然起曰：「是已。」
> 後爲余敘《蔽簏》，遂述此意，盡實語也。（《袁中郎全集》，
> 卷三十六，葉 17b。）

依此，謂開啓進之文學思想的契機，繫於宏道的點醒自無不可，然此
但其一端，若無思想意識上不自覺的暗合，進之果能因宏道所言，遂
欣然景從？故影響之說，究非圓論，欲明進之文學思想的形成，仍須
自其才情、性格及時代背景細加抽繹。

　　進之，名盈科，籍屬湖廣桃源。宏道稱其才「俊逸爽朗」，（見前
揭文）少年風流，復居山川靈秀之地，造就其楚才狂放之姿，袁小修
敘其事，有一段記載：

> 公住一古寺中，每出拜客，騎款段（按：「叚」當作「段」。）
> 馬，〔註13〕革帶閣馬骼上，搜雲入霞，兩目直視，以手畫
> 鸂鶒上，觀者異之。（《珂雪齋前集》，卷十六，葉 35a。）

是時，進之任職北京大理寺廷尉，年逾四十六，〔註14〕猶作少年譎怪

〔註13〕款猶緩也，小馬行走遲緩，故以款段稱小馬也。《後漢書》卷二十四
　　　　《馬援傳》第十四：「御款段馬郡掾吏。」註：款猶緩也，言形段遲
　　　　緩也。（楊家駱編，鼎文書局，1978 年三版，頁 838。）

〔註14〕江進之《雪濤閣集》卷四〈初度〉中「屬牛只合早歸田」句。（葉 68a）
　　　　牛字下自注「余生癸丑」，又袁宏道《袁中郎全集》卷三十六〈哭江
　　　　進之詩序〉言「乙巳秋，聞進之兄卒于蜀」，（葉 17b）萬曆乙巳即萬
　　　　曆三十三年（1605），則癸丑當在嘉靖三十二年（1553），進之任大
　　　　理寺廷尉據其《雪濤閣集》卷九〈明故陳門章淑人墓誌銘〉所言係
　　　　在萬曆「戌戌年冬」，（葉 26a）即二十六年（1598），故知進之當時

行徑，其才性亦自可知。大抵論詩文者，性篤厚則重格調，富才情則重師心；宏道所言，能使進之悟擬口之非者，才情的相契，為其本質因素之一。

除此，性格亦為文學思想形成的本質條件，進之性格從其《雪濤閣集》昭然可見：

> 綢疊君恩出禁中，瓊筵高廠坐春風；柳披臺榭侵衣綠，花剪宮刀簇錦紅；天樂響流絲管細，日華光射綺羅叢；草茅際遇榮何極，補答熙朝有赤衷。（卷三〈瓊林宴恭記〉，葉2b。）

> 舟舟愁中并冗中，空過六十日東風；野心嗜放奔如馬，世法牢人密似籠；華髮不隨春草綠，醉顏乍趁落花紅；憑誰指授長生訣，欲向丹丘訪羨翁。（卷三〈三月一日〉，葉33a。）

> 扁舟江上放歌時，自笑行蹤愧鹿麋；面趁酒紅非為少，鬢因愁白不緣衰；北窗晴旭宜高枕，南畝秋成足薄糜；何事低回貪五斗？折腰到底不能辭。（卷三〈舟中自嘲〉，葉46b。）

> 看破名場是戲場，悲來喜去為誰忙？六年苦海長洲令，五日浮漚吏部郎。為蚓為龍誰小大？乍夷乍蹠任蒼黃；無心更與時賢競，散髮聊便臥上皇。（卷四〈聞報改官〉之一，葉1a。）

此四首所示，為其人生三個階段中不同的心境。〈瓊林宴恭紀〉為登進士第時作，賜宴瓊林，絲竹流響；金榜題名宿願得償的喜悅，一展長才報效朝廷的忠誠，盈滿胸懷，溢於言表。但出任長州令，多年久滯，〔註15〕未見擢拔，又不免怨於案牘勞形、行役銷肌而辛苦無償，遂常有歸隱丘壑、笑傲煙波之言，〈三月一日〉與〈舟中自嘲〉正顯

約在四十六歲之譜。

〔註15〕據《雪濤閣集》卷八〈長州錢穀冊引〉所載：「不肖科自壬辰歲八月承乏長洲，至今年戊戌年六月，大約踰六稔，歷兩考……」（葉63a）知進之任職長洲令，係自萬曆二十年至二十六年（1592～1598）計滯留六年。

示此時心情上的不平,然而既有身為形役之苦,何不效淵明之賦歸去來,毅然罷去,而要自嘲「何事低回貪五斗,折腰到底不能辭」?且查其行事,朴笞以催科,〔註16〕任事則嘆苦,閒居則憂貧,小修為其作傳雖言「肫誠無忮」,(《珂雪齋前集》,卷十六,葉33a。)實則為一俗吏。一位傳統基層社會的知識份子,基於儒家思想庸俗化下的用世之志,渴望接近統治核心,爭取個人升官的目的,於是謹愿從事,奉行朝廷旨令,不敢有所抗逆;然而事與願違,個人的修養又無法消解這份悲情,復以當時隱逸風盛,稱山人、吏隱以自鳴清高者比比皆是,進之遂矯效俗情,常作出世之言,心中實戀棧不捨。〔註17〕是以萬曆二十六年(1598)擢為吏部主事,以遭讒忌,〔註18〕旋改為大理寺廷尉,〈聞報改官〉記此事,雖言「無心更與時賢競,散髮聊便臥上皇」,但為故作曠達之語,詩人因於憤激,直出之以議論,不平之氣貫暢全詩,其心境雖不待明宣,而昭然若揭。

　　故觀諸性格,其為庸俗化的知識份子無疑,有個人的功利主義,缺乏政治、文化的理想,是以在政治黑暗、仕途蹇塞之際,無以自立自安,但願順流俗,雜取三教之言,撥弄光影,清談任誕,以嵇康、東方朔之流自比;表現於詩文則作意好奇,以司馬相如、李賀等務為雕琢者為尚。順著此一庸俗化的脈絡發展,取清談任誕之貌以為真,

〔註16〕沈德符《萬曆野獲編》卷二十六(諧謔)蘇州謔語條下載:「……丁酉年(1597),長洲令江盈科以徵糧,誤拶一廩生馮姓者,其文(馮生作詩文)承題云:夫士也,君子人也。左右手齊之以刑,烏在其為民父母也。」(《筆記小說大觀》大五編,新興書局,1977年,六冊,頁668。)

〔註17〕《雪濤閣集》卷八〈長洲錢穀冊引〉(葉65a)稽覈錢糧課徵額,為其出入差額辨說云:「所仗提衡于上者,念科蜎鼠技窮,馬牛力殫,匪有心而不盡,實竭才而莫由,曲加寬貸,不即罷斥。」奴顏卑詞,與動輒輕言放浪江湖者迥異。

〔註18〕據袁小修《珂雪齋前集》卷十六〈江進之傳〉所載,(葉34b)略謂進之補吏部主事,因事貧不能治裝,遂向友人告貸,然貸得數百金並未用以治裝,但分餽知友寒士,一日都盡,誣者以此中傷他,遂遭降職。

則詩人之眞，可以言情，而不論雅俗，亦可以說理，爲一認知主體；於語言文字上作意好奇，則奇可爲題材之奇，亦可爲用事之奇；二者皆偏重於知性美感的呈現，有刹那的機趣，而鮮於生命眞切的體悟。進之主張「貴眞」，而喜作代聖立言的時文；〔註19〕倡「詩本性情」，而愛賞相如、李賀，詠史則喜作翻案；雜俎、諧史談神說鬼，三教雜揉，而以爲足以使人「安義命，絕邪萌，風世回俗，所補非小」。（《雪濤閣集》，卷八〈耳譚引〉，葉40a。）此即由於政治環境的限制，時代注重客觀之學的傾向，以及個人人格坎陷、多元性交叉互動所呈現的風貌。

　　進之所面臨的時代文學課題是「典範的更迭」，當時市民文藝的表現內涵，駁雜繁複，遠超過前代；而七子末流務爲華聲壯詞，拘泥於第一義的文字形式，無法表現時人眞切、複雜的情意，詩文再佳，也不過是古人影子，爲假人、假詩文而已。如此，就體製言，非屬當行；就作者言，缺乏本色；透過這種意識型態，反省批判擬古之弊，重新建構文學典範，就特別強調個人與時代的精神面貌。個人的眞情實感是變動不居的，時代改易，氣運亦隨之升降，文學創作唯有求新求變，方能適應駁雜繁複的表現內涵，是以宏道主張「時變觀」，要「獨抒性靈，不拘格套」，（《袁中郎全集》，卷一〈敘小修詩〉，葉3a。）進之標舉「用今」，（《雪濤小書·詩評三·用今》，葉1。）要寫眞傳神，不避俚俳，都在強調典範更迭的必然性，以爲只有窮新極變，方爲當行，方能表現作者本色，故言「未有眞詩而不唐者」。（見前揭書，〈詩文才別〉，葉8b。）

　　文學上當行、本色的反省，不始自明代，宋人已揭其旨，〔註20〕

〔註19〕據《雪濤閣集》卷八序類所錄，進之時文集有二，一爲《求砭草》，（葉59a）作於萬曆十三年（1585），一爲《閒閒草》，（葉61a）作於任職大理寺廷尉時。

〔註20〕據龔鵬程先生《詩史、本色、與妙悟》（學生書局，1986年，頁116～117。）略謂：嚴羽《滄浪詩話·詩辨》：「禪道惟在妙悟，詩道亦在妙悟。惟悟乃爲當行，乃爲本色……所謂不涉理路、不落言筌者

明人步其舊蹊者,亦不倡自公安文人,開國之初,宋濂論時即主張「審諸家之音節體製」,(藝文百部叢書集成,《宋學士全集》,卷六〈劉兵部詩集序〉,葉 22b。) 方孝孺也說「風雅頌,詩之體也;賦比興,詩之法也」,(中華四部備要本,《遜志齋集》,卷十二〈時習齋詩集序〉,葉 19a。) 高啓論詩有三要,謂「格以辨其體,意以達其情,趣以臻其妙」。(《長藻集》,卷二〈獨庵集序〉,引自《明代文學批評資料彙編》上冊,1981 年再版,頁 123。) 自此以降,無論是七子或反七子者,皆在試圖釐析「文體」的問題,文體的意涵,就「諸家之音節體製」言,是風格、是本色說;就「賦比興,詩之法也」言,是體製,是當行的問題。進之以「眞詩」必屬當行,必具本色,係兼就體製與風格而論,此非但爲公安文人所共識,當時七子之流的有識之士,莫不調合於格調與師心,亦同乎此,如後七子中的謝榛,論詩即謂:

> 體貴正大,志貴高遠,氣貴雄渾,韻貴儁永;四者之本,
> 非養無以發其眞,非悟無以入其妙。(《四溟詩話》,卷一,
> 葉 3b。)

「體貴正大」等四語是格調論,是體製、當行的判準,歸本於「養以發其眞,悟以入其妙」則是師心說,是風格、本色的主張。進之好友屠隆,爲後五子之一,亦能超越格調體製的束縛,轉而折入公安,力揭「格以代降,體緣才殊」之旨。(詳《鴻苞》,卷十七〈論詩文〉,引自《明代文學批評資料彙編》,成文出版社,1981 年再版,上冊,頁 504~510。) 此一轉變,標示出三種意義:一爲時代精神的重視,有「格以代降」的體認,論詩自不必拘泥於高格典範,擺脫此一設限,

---

上也……近代諸公乃作奇特解會,遂以文字爲詩,以才學爲詩,以議論爲詩,夫豈不工,終非古人之詩也。」;(葉 3b)《隱居詩話》說韓愈、歐陽修「才力敏邁、健美富贍」但少餘味,故格不近詩;《蔡寬夫詩話》說韓詩深婉不足;劉克莊《竹溪詩序》說:「本朝則文人多詩人少,三年間,雖人各有集,集各有詩,詩各自爲體,或尚理致,或負材力,或過博辯,少者千篇,多至萬首,要皆經義策論之有韻者,亦非詩也等,(《大全集》卷九十四) 皆係透過對詩「本色」的界定所發的評論。

當行的判準方有正變可言。二為詩人風格的強調，所謂「體緣才殊」，
個人的才情可以決定文體的風格，盛唐之華聲壯詞，就不必然是詩人
的本色，要作好詩，則必反求諸內心眞實的情意。三、超越於七子與
公安的格局來看：屠隆由當行、格調轉向於本色、師心，就顯示當行
與本色間詭譎的辨證關係。

　　七子流派的調和說，與公安的師心說，皆在給二者作適當的定
位，以建構適應時代的文學典範，其間雖仍存有觀點的歧異，大抵而
言，對於詩人本色的重視則有一致，進之的文學思想，即在此一大時
代辨體論的聲浪中，因於個人的才情，性格，朋輩的講論，與社會文
化思想的影響，逐漸醞而成，理論已具足於前人，進之特為執其一端
應機而發，其中雖乏個人獨特的創見，卻富有時代鮮明的價值意識。

第三章　進之詩本性情的意涵與創作憑據

　　進之詩學，其外緣乃爲矯七子擬古之弊，實質上，是面對文學典範的反省，重新探討「作詩的方法」。他反對擬古，並不反對「唐調」；標舉「眞詩」，認爲「未有眞詩而不唐者」，(《雪濤小書‧詩評三‧詩文才別》，葉 8b。) 並且專列〈評唐〉一節，(見前揭書，葉 5。) 選評李白、孟浩然、杜甫、李賀、大曆十才子、盧仝、白居易等盛唐以降詩人的風格特色，綜論而謂「唐人境界，原不易詣」。是知進之亦以唐調爲高格，所不同者是擬古者宗盛唐，而進之主張「遍究中晚」；(見前揭書，〈用今〉，葉 2b。) 然則二者所認定的典範，其內容爲何？廣狹之間，存在何種歧異？唐人境界既爲第一義，進之所謂「不易詣」，應作何種解會？要探討此一系列的問題，須先了解進之「詩本性情」的意涵。

第一節　詩本性情的意涵

　　從典範的認定來說，進之主張「詩本性情」，與七子所謂擬古，立論相同，皆在肯定詩歌緣情而發的本質。詩歌既是緣情而作，情意則是隨觸而興，瞬息萬變，難以把捉的，如何把迷離惝恍的情意具現而出，就必須藉用一套特殊的表現方法，方法如何掌握？擬古

者主張從高格典範的語言形式中去揣摩，並且以「復古」爲創作極詣；進之則在高格典範的基礎，導入主體情性，主張窮工極變，遍究「中晚」。若此，「法」從第一義中解放出來，容許有正變之異，故取法廣狹之間，寓有詩家文體明辨的理念。然不論爲正、爲變，進之皆主張以性情爲本位，人人各抒胸臆，不必矯而效人，故所謂「唐人境界，原不易詣」，有高格的肯定，亦有時代精神，個人風格不同的限制。

　　是以，進之「詩本性情」說，析而言之，含有兩個命題，一爲媒材運作的問題，即爲成全詩歌抒情的本質，最適宜妥貼的方法爲何？二、此一特殊的表現方法程式化爲客觀的規範後，詩人如何在客觀規範中，自由展現，達到抒寫性情的目的？前者是當行的範疇，後者屬於本色的問題，〔註1〕欲解答此等命題，則需詳究進之當行、本色的意涵。

一、當　行

　　歷代論及詩的本質，不曰「詩言志」，即曰「詩緣情」，〔註2〕不論言志或緣情，一言以蔽之即是「詩本性情」，然而《南齊書‧文學傳》論也說：「文章者，情性之風標。」（中華四部備要，卷五十二，葉10a。）詩文皆在抒寫性情，然則二者何以分屬不同的文類，其分別安在？進之在《雪濤小書‧詩評三‧詩文才別》指出二者的區別：

　　　　從古以來，詩有詩人，文有文人。譬如：斵琴者不能製苗，
　　　　刻玉者不能鏤金；專擅則獨詣，雙鶩則兩廢。有唐一代詩

〔註1〕當行、本色之說，運用在詩文上皆指每一種文類適當合宜的創作原則與藝術形相，但本色亦可落在作者而言，專指個人特有的表現手法與風格。此處爲方便說解，採用二分法，當行意指客觀的文體規範，本色則專就作者個人獨特的風格而言。

〔註2〕詩言志之說最早見於《尚書‧堯典》：「詩言志、歌咏言、聲依咏、律和聲。」後漢儒多作經義解釋，以志爲發乎情止乎禮義的普遍情懷，詩緣情說起於陸機〈文賦〉：「詩緣情而綺靡。」

　　人，如李，如杜，皆不能爲文章；李即爲文數篇，然皆俳
　　偶之詞，不脫詩料；求其兼詣並至，自杜樊川、柳柳州之
　　外，殆不多見。（葉 7a。）

斲琴者不能製苗，刻玉者不能鏤金，原因無他，技藝不同，工夫有別，
詩有詩人，文有文人，詩筆、文筆之分，亦同此例；所以李杜詩人不
能爲文章者，宜是以詩之道作文，詩料俳偶，濫入文內，不合文體規
範，非眞不能也。所以，言「詩文才別」，便是要嚴辨詩文體製，釐
清詩筆與文筆的夾纏。作詩用詩筆，作文用文筆；恪遵文體規範，兩
不相紊，便是「當行」；若以文筆爲詩，出之以議論，敷衍曼暢，違
反典範規定，皆不能謂之「當行」。故論「詩之當行」，即曰：「詩自
有詩料，著箇文章不得。」（見前揭書，〈當行〉，葉 22a。）

　　「詩料」是詩歌創作的媒材，詩寫性情，性情爲心之所之，是感
性主體接受外物的引發，而興起的思想感情；創作過程，即在對情感
活動之姿作創造性的描摹；是以，媒材就客觀面言，是情與面；就主
觀面言，便是情與物交感的表現方式，而後者足以涵蓋前者。當行的
關鍵，即繫於此一特殊的表現方式，「詩筆」所指涉者亦在此，其內
容便是詩六義中的三法——賦、比、興。進之《雪濤小書‧詩評三‧
用今》中述及此旨：

　　詩言志。志者，心之所之，即性情之謂也。而其發揮描寫
　　不能不資于事物。蓋比興多取諸物，賦則多取諸事；詩人
　　所取事物，或遠而古昔，近而目前，皆足資用；其用物也，
　　如良醫用藥，牛溲馬勃，隨症制宜，不專倚人參伏苓也；
　　其用事也，如善書之人，覩驚蛇而悟筆意，觀舞劍而得草
　　法，不專倚臨帖摹本也。（葉 1a。）

詩言志，「志」是應物而起的深情銳感，並不侷限於漢儒經義化的禮
義之情；賦比興的內容與意義，也要就詩學範疇來理解。此以「比興」
多取諸物，故併構成詞，賦多取諸事，故自成一類。而三者的意涵如
何？何以比興用物要隨症制宜，而賦之用事則以悟爲貴？詩以抒情爲
目的，助緣的因素有三，或因事、或緣情、或詠物寫景，（詳《雪濤

小書・詩評三・求真》，葉 3a。）既然賦多取諸事，則比興抒發的對象，宜指緣情而起者，或詠物寫景而言，偏重感性的一面。詩是情感的形象化，端賴以想像結合事物，將情感的活動之姿，直接呈顯出來，以想像結合事物和感情，則象意之間必有象徵性的關聯，故「隨症制宜」就是在利用比物連類的方法，建立事物象徵或譬喻的符號。而比興的分際如何？進之並未作說明。

比興並舉的思考方式，係沿自六朝劉勰、鍾嶸以降的詮釋觀點，〔註3〕鍾嶸〈詩品序〉說：

> ……故詩有三義焉，一曰興，二曰比，三曰賦。文已盡而意有餘，興也。因物喻志，比也。直書其事，寓言寫物，賦也……若專用比興，患在意深，意深則詞躓……（《中國歷代文論選》，木鐸出版社，1981 年再版，上冊，頁 271。）

非但比興並舉，並且以「文已盡而意有餘」釋興，「興」已不再是單純的詩文異辭，而成為作品所達成的美感情趣的描述語，進之詩學系統中的「興」，意義與內容亦有轉變。就《雪濤小集・詩評三》中引述二條以觀：

> 世之負詩才，觸景寫興，合符古人者，不少矣。（〈采逸〉，葉 15b。）

> 李青蓮是快活人……及其流竄夜郎後，作詩甚少，當由興趣蕭索。（〈評唐〉，葉 6a。）

此處的「興」、「興趣」可視為創作的靈感，情景相激相發後含蓄於胸中的美感境界，故其評論作品藝術效果，就常使用趣、味、有思致等語詞，實則都指涉「文已盡而意有餘」的美感境界。

「興」既從賦比興連屬的架構中分離而出，比興並舉的含義亦發生變化，皎然《詩式》釋比興的意義，謂：

> 取象曰比，取義曰興，義即象下之意，凡禽鳥草木名數，

〔註 3〕劉勰《文心雕龍・比興》贊曰：「詩人比興，觸物圓覽，物雖胡越，合則肝膽」，（卷八，葉 2。）亦以比興與外物關係最為密切，故併舉合為一篇。

萬象之中，義類相同，盡入比興。（引自許清雲，《皎然詩
式輯校新篇》，文史哲出版社，1984，頁 20。）

「比」是取象以譬喻，取象重在物況的比擬；「興」取象下之意，象
下則重言外之旨，言外之旨是無固定指涉的，只有暗示象徵的作用。
進之《雪濤小書·詩評三》中所選評的佳構妙句，則有以比統興的傾
向，如：

同庭野水碧天浮，萬里蕭蕭蘆荻秋，可怪君山顏色厚，年
年常對岳陽樓。（〈題洞庭詩〉）
評云：後二語甚含蓄有趣。（按：寫景之作）

曾向花叢揀悄枝，軟如春筍嫩如荑：金刀欲動輕鋪繡，彤
管頻抽清畫眉，雙綰軤轕扶索處，半掀羅袖打鳩時，綠窗
獨撫絲桐摻，無限春愁下指遲。（〈女手〉）
評云：此一詩也，咏物而不著述，逼眞而絕牽強。（按：詠
物之作）

花開蝶滿枝，花謝蝶還稀，惟有舊時燕，主人貧亦歸。（〈罷
官題詩〉）
評云：怨而不怒。（按：緣情之作。）
（以上摘錄自〈采逸〉，葉 16a～20b。）

物象與義類聯想的距離極爲短近，切類以指事，詩歌意象間象徵關係
的豐富性，漸趨式微；美感情趣轉爲明朗、淺顯；詩歌指涉，易陷於
巷徑；而意餘言外，迷離怡悅的美感境界，亦杳然難得。

　　朱熹《詩集傳》解釋「賦」的意義，認爲：「賦者，敷陳其事而
直言之者也」，（詩卷第一葛覃註，葉 5b。）賦若但爲直言，則爲文
章之道，與以比興統賦的觀點有別，亦犯有「以文爲詩」之病，此進
之所痛斥於七子者，是知賦筆宜別有所重，其旨貴在能悟，悟才能穿
透物象，領悟超越的理，如覩驚蛇、觀舞劍，而得學書之旨，（詳《雪
濤小書·詩評三》，〈用今〉，葉 1a。）其評杜甫詩可作「年譜」看，
基本立場亦同，年譜者絕非逐年逐月條記之人生簡歷，宜是可據以知
人論世的歷史眞實，其間自有價值判斷在，他在《雪濤小書·詩評三》

中錄評辰陽有揮使彭飛題常德縣一伏波祠：

> 岳王庭下鞭秦檜，千古人思武穆忠，今日拜公江上廟，願
> 將頑鐵鑄梁松。（〈采逸〉，葉 16b。）

進之評：「結語甚有思致」，此詩為賦筆，雖為陳述祭拜廟事，但其中寓有千載以下詩人無限褒揚感歎之意，即事生情，理智、感情兩相涵攝、柔言感諷、寄情渺遠，此所謂「有思致」，故「賦」因事褒貶議論，有價值判斷寓乎其中，「興」可以借物託諷，依微擬議，所取資者不同，但重言外之旨的特色，卻是一致的。

　　七子等倡言復古，論詩亦主性情，卻導致「偽唐詩」之譏，（吳喬，《圍爐詩話》，卷一，引自《清詩話續編》，木鐸出版社，1983，上冊，頁 478。）正因對賦比興的內容，未有內涵本質的認識，徒取漢唐詩料粧點成章，無法掌握詩歌語言表達的特殊性。進之在《雪濤小書・詩評三》中首列〈用今篇〉，提出三種表現技巧的大概，理論系統雖然未為嚴密，其用心亦可略見。

二、本　色

　　詩文的「本色」說，原是宋人對文體論的思考，通過對文學作品形式、內容與美感要求的分析，釐定各種文體的風格特質。從這個角度看，當行與本色異名同實，皆具有文體典範的意義。而涉及體製風格，往往與作者情性相聯結，於是有明以降論本色，就有落在主體情性而言者，如唐順之〈答茅鹿門知縣〉說：

> 秦漢以前，儒家有儒家之本色，至如老莊家，有老莊家本
> 色……莫不皆有一段不可磨滅之見。各自就其本色而鳴之
> 言，其所言者皆本色也。（《荊川集》，卷四，葉 64a。）

胡震亨《唐音癸籤》卷三十五言「凡詩，一人有一人之本色。」（葉 4a）皆有凸顯文學創作中，個人精神風貌的核心地位。

　　進之論詩，標舉「當行」，更力倡「本色」，在《雪濤閣集・自敘》中即揭此意：

> 竊自謂：文與詩，皆不能工；乃不務藏拙，顧反炫焉。何

也？夫人莫愛倕指，而愛己之指；蓋工非所愛，愛其屬己
者也……況余之文與詩，即不工，然余之精神在焉……（葉
1a）

將個人性情，精神的存亡，列爲判斷作品價值首要考慮的因素，與其
工而無我，毋寧有我而不工，此與「凡詩，一人有一人之本色」所言，
異世同符。

「眞」、「性情」、「精神」，於進之詩學範疇中，皆指涉詩人的本
色，本色的內容意義，可從其《雪濤小書・詩評三・求眞》中略窺：

蓋凡爲詩者，或因事，或緣情，或詠物寫景，自有一段當
描當畫見前境界，最要闡發玲瓏，令人讀之耳目俱新。（葉
3a）

藉用語言作分析說明，就表現對象而言，有知性與感性兩種偏向，大
抵敘事，詠物寫景偏於知性，緣情而發者偏於感性，以此，合情與外
物相激相感而成的性情，其內涵除了含蓄無垠的情思外，兼有知性的
美感意趣。從創作的本身而言，此段文字與袁宏道在〈敘小修詩〉中
自述創作的態度並觀，其意義更爲清楚：

……既長……足跡所至，幾半天下，而詩文亦因以日進。
大都獨抒性靈，不拘格套；非從自己胸臆流出，不肯下筆。
有時情與境會，頃刻千言，如水東注，令人奪魂。其間有
佳處，亦有疵處；佳處自不必言，即疵處亦多本色獨造語。
（《袁中郎全集》，卷一，葉 2b。）

從自己胸臆流出者，即本諸心物交感的「當前境界」而發，是個人眞
切的特有的美感情趣；以其出自個人眞切的體會，故覺噴薄欲出，「最
要闡發玲瓏」，此爲創作必具的激情，有此自發的激情，方能頃刻千
言，如水東注；而多本色獨造語，唯有據本色而鳴的作品，才具有令
人「耳目俱新」的條件。

綜而言之，進之強調「詩本性情」，自具「本色」，就其所表現的
美感情趣言，可以是感性的，也可以是知性的；而就創作活動而言，
則必是個人特有的、自發性的表現。

三、即當行即本色及其糾纏

　　詩的創作，要先辨體，求其當行，當行爲共法，具有定位的作用，提供摹體鑑賞的標準，而「法」又是虛名，必須在創作活動中，透過主體情性的運作，方可見其存在，故劉勰《文心雕龍・定勢篇》說：「文變殊術，莫不因情立體」（葉24a），最圓滿的作，應是出於主體內在的情性，而自然契合於客觀的典型，如此則主客雖二實一，（參見顏崑龍先生，〈體勢〉，刊於《文訊月刊》二十三期，1986年4月號，文學術語辭典，葉343。）若死守客觀的法，鑄形塑模，法遂成死法，情性牿亡無存，詩作則形骸僅具，神氣全無。

　　進之對詩作文體的看法，一則主張「當行」，但又要「求眞」，自具「本色」，由體製而至風格，一言以蔽之，要「不離法、不即法」，（《雪濤小書・詩評三・法古》，葉10a。）即體製即風格。故謂：

> 善論詩者，問其詩之眞不眞，不問其詩之唐不唐，盛不盛，蓋能爲眞詩，則不求唐不求盛，而盛唐自不能外，苟非眞詩，縱摘取盛唐字句、嵌砌點綴，亦只是詩人中一箇竊盜掏摸漢子。（見前揭書，〈求眞〉，葉3a。）

在此他首先肯定盛唐詩歌的藝術價值。不求唐不求盛，並無鄙薄之意，相反的，此正爲活法所在，欲藉此通乎創作的終極理想，作詩而求唐求盛，就預設一客觀的模子，典範固佳，終究無與於主體情性，論詩以求眞爲先，就在凸顯主體情性的關鍵地位，方能使「不求唐，不求盛，而盛唐自不能外」。

　　何以不求唐不求盛，而盛唐自不能外？作詩的目的，即在表現見前境界，此古今詩人所同然，如李杜歌行，「因時因事命題名篇，自是高古奇絕」，（《雪濤小書・詩評三・擬古》，葉4b。）唐人之字句機格、唐人之性情，詩但寫當前的情感思想，不需斤斤於追求唐人格調，故謂「不求唐、不求盛」作詩能一空依傍，但任「元神活潑、隨觸而足」，（《雪濤閣集・白蘇齋冊子引》，卷八，葉35b。）則本色固在其中，與唐人「不爲漢、不爲魏、不爲六朝之心」，（《袁中郎全集・

敍竹林集》，卷一，葉 11b。）正相合轍，學詩如此，則與古人創作精神相契；故云「盛唐自不能外者」，宜就「自具本色」理會；而所謂「不即法、不離法」，亦只在強調自由表現的創作精神；依此，實有以本色涵蓋當行之嫌。

　　蓋以文化型態不同，唐型詩歌與宋型詩歌亦自有別，嚴羽《滄浪詩話》已揭此旨：

> 大歷以前，分明別是一副言語，晚唐分明別是一副言語，本朝（宋）諸公分明別是一副言語，如此見，方許具一隻眼。（葉 17b）

劉大勤《師友詩傳續錄》更指出其中梗概：

> 唐詩主情，故多蘊藉；宋詩主氣，故多徑露。（葉 3b）

宋文化之緒肇自中唐，宋詩之端亦然；（另詳第五章第一節。）若以盛唐以前爲正格當行，則中唐以降多變調，非詩體當行。進之則籠統而言：

> 詩有詩體，文有文體，兩不相入。中晚之詩，窮工極變，自非後世可及。若宋人無詩，非無詩也：蓋彼不以詩爲詩，而以議論爲詩，故爲非詩；若乃歐陽永叔、楊大年、陳后山、黃魯直、梅聖俞諸人，則皆以詩爲詩，安見其非唐耶？我朝如何李以後，一時詞人，自謂「詩能復古」，然取古人之文，字句藻麗者，襯貼鋪飾，眞是以文爲詩，非詩也。（《雪濤小書·詩評三·詩文才別》，葉 8a。）

此段文字，存有三點疑議：其一、進之論詩以「唐」爲準據，然唐代詩歌已有唐型、宋型之異，體製若無定位，但聽情興所至，率然而發，個人意識價值不同，則或爲唐格或爲宋調，二者必居其一，豈能「不求唐、不求盛」，而皆能與唐型、宋型之體製風格無異？其二、宋人以議論爲詩，七子之流以文爲詩，爲非詩，爲不爲行，皆在進之批駁之列；然而詩自李杜，騁氣抒懷，鋪寫淋漓，已啓詩文相混之端；「以議論爲詩」「以文爲詩」，雖爲宋詩特色，然實醞釀於中晚唐；若以中晚唐爲當行，何以宋人之作不得謂爲當行？其三、宋詩既不得謂爲當

行，何以歐陽修、黃山谷等人爲宋詩開宗，〔註4〕而進之評曰：「皆以詩爲詩，安見其非唐耶？」

就此以觀，進之雖反對「以議論爲詩」的宋製，反對七子之流的「以文爲詩」，並且標舉「當行」、「唐調」，實則皆爲虛辭。蓋盛唐詩以興象高遠爲勝；而其於詩之三義，意識上則偏向以比賦統興；杜甫詩兼有唐調，有杜調，〔註5〕七律舖陳終始，排比聲律，詞氣豪邁，極法製之變，夔州以後詩尤然，〔註6〕是所謂「杜調」；而進之特愛賞其入夔以後詩；（詳《雪濤小書・詩評三・評唐》，頁7。）歐陽修等人爲宋調宗師，而進之特爲標舉；乃至自謂「題詩漸似盧公子，（按：指晚唐、盧仝）貓犬都持入錦囊」，（《雪濤閣集》，卷四〈秋白偶成〉，葉43b。）「義山（按：晚唐、李商隱）心力樊川（按：晚唐、杜牧）手」（見前揭書，卷四〈偶題〉，葉50b。）「得句人推長慶體」等，（見前揭書，卷四〈欲睡偶成〉，葉53a。）皆足資論證：其價值判斷所

〔註4〕 沈德潛《說詩晬語》曰：「宋詩臺閣倡和，多宗義山，名西崑體。梅聖俞、蘇子美起而矯之，盡翻科臼，踔厲發揚，才力體製，非不高於前人，而淵涵淳瀖之趣，無復存矣，歐陽七言古，專學昌黎，無意言之外，猶存餘地。」（卷下，葉1a。）又翁方綱《石洲詩話》引劉後村之言曰：「國初詩人如潘閬、魏野，規規晚唐格調；楊、劉則又專爲崑體，蘇梅二子稍變以平澹豪傑，而和之者尚寡；至六一公嶷然爲大家，學者宗焉。然各極其天才筆力之所至，非必緞錬勤苦而成也。豫章稍後出，會萃百家句律之長，究極歷代體製之變，蒐討古書，穿穴異聞，作爲古律，自成一家，雖隻字半句不輕出，遂爲本朝詩家宗祖。」（卷四，葉2a。）（以上二則分別見於臺辭農編《百種詩話類編》後編，頁1515、1517。）二家所論皆足證成此說。

〔註5〕 翁方綱《石洲詩話》即云：「杜五律亦有唐調，有杜調，不妨分看之，不妨合看之。如欲導上下之脈，溯初盛中之源流，則其一種唐調之作，自不可少。且如五古內〈贈衛八處士〉之類，何嘗非選調？亦不可但以杜法概乙之也。」（卷一，葉19a。）（見臺靜農先生編《百種詩話類編》，六十三前編，頁408。）杜甫爲盛唐中人詩自不免有盛唐氣象，取其詩作並觀，知此爲的論。

〔註6〕 趙翼《甌北詩話》引黃山谷之言謂：「少陵夔州以後詩，不煩繩削而自合」，（卷二，葉6a。見臺靜農先生《百種詩話類編》，六十三前編，頁401。）此不煩繩削而自合者非合於盛唐格律之謂，宜是合於極法製之變的杜調，且信筆拈來，不煩作意求之。

趣，在宋而不在唐。取其時代文化思想，及其個人意識型態比勘，亦合途轍。

　　若純就創作精神而言，無論唐詩、宋調，均各有風貌、各具本色，所舉關於體製的疑議，即不復存在；然而焉有作詩而不先辨明體製者？且進之雖主張窮工極變，而於唐詩、宋調的分際，語言上未能劃然釐清，徒摭取唐、盛字眼，任意品第，雖言「不即法、不離法」，然而透過明人意識型態的取向，盛唐正格當行之法，易轉偏爲馳騁筆力，徑直刻露的宋調變格，法固不可即，焉有不離之理？若此，尚含糊於唐調之說，拘執於「唐人境界原不易詣」之見，主體本色與客觀體製無法得到適當的分位，而欲求主客兩相渾化，其末殆如七子之流，但尺寸古法而無與於主體情性；抑或如公安影響之徒，侈言本色而無當於美感意境，亦不免於「非詩」之譏。

第二節　不即法不離法的創作憑據

　　「不即法、不離法」是進之詩歌創作的最高理想，其稱譽古詩，即高標此一極詣：

> 詩之所爲貴，自雅頌離騷之後，惟蘇李河梁詩，與十九首係是眞古，彼其不齊不整、重複參差，不即法、不離法，後不模之，莫得下手，乃爲未雕之璞。（《雪濤小書・詩評三・法古》，葉 10a。）

古詩十九首等以能合乎不即不離的理想，故爲「眞古」。眞古是規範性的語詞，相對於擬古者依傍門戶，拾人唾餘而言，特別強調個人性、自發性的創造力，創造力爲一辯證性的複雜體，其內涵從進之在〈解脫集二序〉贊美袁宏道之言，可略窺一斑：

> 中郎諸牘，多者數百言，少者數十言，總之，自眞情實境流出，與嵇（康）李（陵）下筆，異世同符……要之，有中郎之膽，有中郎之識，又有中郎之才，而後能爲此超世絕塵之文。（《雪濤閣集》，卷八，葉 17a。）

肯定宏道之文爲超世絕塵的佳作，上窮往古，足以媲美嵇康之絕交書、李陵之答蘇武書。而其所以能臻此極詣，所憑據者四：一曰自「眞情實境」流出，二曰膽，三曰識，四曰才；此四者又可化約爲三：一爲眞情實境，眞情實境爲創作的基本訴求，徒有眞情實境不足以爲詩，但缺乏此一先決條件，詩亦無由而作。二爲學，識爲識見，係由學力而來，學是創作的基本工夫，有學力作基礎，眞情實境方有表出的媒介。而綜攝二者，使詩能不即不離的關鍵則在於才，才爲材性，所謂膽亦其一端，故附於此。茲依次試探其義。

一、眞情實境

　　劉若愚先生在《中國文學理論》中，將主張「性靈」一派，﹝註7﹞劃歸爲西方所謂的表現理論，（詳杜國清譯，聯經出版社，1981，頁 135～178。）蓋其認爲：中西雙方有一共識，皆將詩界定爲「個人強烈情感的自然流露」，即以眞情實感爲創作的先要條件。若此，眞情與實感雖二而一，爲同義並置之詞，都指涉內在含藏深厚、眞切動人的情思；進之所謂「自眞情實境流出者，似亦有此意，故論詩則曰「詩有實際」。（《雪濤小書・詩評三》，葉 22b。）

　　主張「詩有實際」係承自「詩言志」的傳統，重申對抒情本質的維護，在對治擬古之弊，有其時代性的歷史意義，欲解放詩作鑄型塑模，毫無情趣的框架性格，展現其活潑、靈動的生機妙理；解救之道，要將詩的本色，歸置於情性主體，在客觀的文學規範中，加入詩人的精神，如屠隆所言「詩無所專學，大要不欲自附眼前諸公，而別創一門戶」，要能「本性情、中宮商、被管絃」，（《鴻苞》，卷十七〈論詩

﹝註7﹞據劉氏之意，泛指主張「詩言志」或「詩緣情」等自然感情的表現者，而其個人主義的特色自魏晉以降更爲顯明。如曹丕之論「氣」，陸機的「詩緣情」說，劉勰之論「體性」鍾嶸之言「氣」乃至公安人物、金聖歎，葉燮等主張詩本性情、性靈者，皆可視爲此一系統下的思考。（詳《中國文學理論》第三章〈決定理論與表現理論〉，頁 135～178。）

人〉，引自《明代文學批評資料彙編》，成文出版社，1981 再版，上冊，頁 508。）主體情性存焉，方有即當行即本色的可能，抒情本質的維護也才有保障；否則，但爲僵化的文字組合，本色不具，豈有「本質」可言？

　　詩以抒情爲本質，故能吟詠情性，然而時代不同，[註8] 文化意識的價值取向有別，形諸文學創作亦隨之而異，盛唐詩歌爲典範高格，嚴羽《滄浪詩話》謂其特色「唯在興趣」：

　　　詩者，吟詠情性也。盛唐諸公唯在興趣，羚羊卦角，無迹可求。故其妙處，透徹玲瓏，不可湊泊；如空中之音，相中之色，水中之月、鏡中之象，言有盡而意無窮。（〈詩辨〉，葉 3b。）

盛唐詩歌的藝術成就，唯在美感情趣的興發，美感情趣是無目的性，無限指性的，它的表現方式是曖昧的、象徵性的，利用孤立性的句法，形象化的語言，馳騁想像，比擬譬況，多角度的暗示，以建構成美感的情境；讀者以意逆志，透過心靈的再創造，去捕捉幽眇惝怳的言外之意。此葉燮所謂「含蓄無垠」之妙，（《原詩》，卷二，内篇下引自《清詩話》，西南書局，下冊，頁 5210。）不過，嚴羽所指的「無窮之意」，非讀書窮理，則不能極其至，此一觀念正繫於宋代「文道合一」的思想風氣中，盛唐詩歌所流露的「情」，已別作詮解，轉換成宋人的「意」了。

　　宋詩受學術思想的影響，重在知性的反省，主張「文與道俱」，（《朱子語類》，卷一三九，引蘇軾語。）所謂「學道期日損，哦詩亦能事」，（《謝幼槃文集》，卷壹〈讀呂居仁詩〉。）便是將詩學合於道學、詩文所抒之情，即是作者生命探索的歷程，詩作只寫胸中天，發爲吟詠，亦重言外之旨，然而含藏於言外者，是道，是千古不易，聖哲與我同然的普遍之情。（參見龔鵬程先生，《詩史，本色與妙悟》，學生書局，

〔註 8〕此所謂「時代」，係就文化史的分期而言，非以政治朝代爲斷，據文化史的分期，魏晉以降至中唐爲一期，中唐以下直至近代又爲一期，故云不同。（詳龔鵬程先生《思想與文化》，頁 108～121。）

1986，頁 116。）

　　進之所指創作的性情，有緣情而發，偏於感性的一面，有敘事、寫景、詠物、偏於知性的一面，其〈詩有實際〉中錄評之作，即統攝於此二類之下：〔註9〕

（一）偏於感性，係緣情而起者

　　一尼僧詩云：「到處尋春不見春，芒鞋踏破曉山雲，歸來笑撚梅花嗅，春在枝頭已十分。」絕似悟後人語。（第四則）

　　一全真題桃川壁間，云：「磨快鋤頭挖苦參，不知山下白雲深，多年寂寞無煙火，細嚼梅花當點心。」是不火食人語。（第五則）

（二）偏於知性者

又可區分為三：

1. 敘　事

　　鄱陽劉芝陽，諱應麒；巡撫吳中，告終養歸，臨發，題詩署中，曰：「來時行李去時裝，午夜青天一炷香，描得海圖留幕府，不將山水帶還鄉。」蓋亦道其實者矣。（第一則）

　　宋賈似道拜相，或作詩嘲之，曰：「收拾山河一担擔，上肩容易下肩難，勸君高著擎天手，多少傍人冷眼看。」久之，似道建議丈量，或又作詩嘲之。後二語云：「縱使一垤加一敵，也應不及舊封疆。」又有題路程本者，後二語云：「如何丟卻中原地，只把臨安作起頭。」又賈相遣人販鹽，或作一詩云：「昨夜春風湧碧波，滿船都道相公艖，雖然欲作調羹用，未心調羹用許多。」詩固不古，可以觀世。語云：「天下有道，庶人不議矣哉。」（第二則）

〔註 9〕所分二類係就其偏向而言，詩歌原是感性、知性交融而成的一種呈現，只能就其偏向而言，不能截然二分，敘事、寫景，因涉及物色的問題，其分類的難處亦相似。

胡纘宗號可泉，蜀、新安人；登進士第，選庶吉士。久之，
改蘇州太守。好寫字作詩，然詩無大佳者。當世廟南巡時，
賦一律云：「聞道鑾輿曉渡河，岳雲縹緲照青珂，千官玉帛
嵩呼近，萬國衣冠禹貢多；鎖鑰北門留統制，璿璣南極護
義和，穆王八駿空飛電，湘竹英皇淚不磨。」後爲仇家評
奏，上命緹騎往逮；時纘宗方官制撫，自意不免，然世廟
終不深罪，但惡其「空飛電」「淚不磨」語，以爲不祥，命
削籍。噫！使在宋時，將遂爲烏臺詩案矣！聖世文網之闊
如此。余嘗讀公詩，號爲傑出；若律，則公得意之詩，不
得意之遇，悲夫！（第六則）

擬失雞云：「雞兒失了，童子休焦。郵炊糵的好，助他一把
火燒；烹調的，送他一握胡椒，乾乾淨淨的吃了，損得終
朝報曉，直睡到日頭高。」然則此等制作，未免俚俗。而
才料取諸眼前，句調得諸口頭，朗誦一過，殊足解頤。（第
十則）

2. 寫　景

廣西、全洲、蔣暉，仕至太守，曾言：呂純陽嘗至某觀，
與徘徊相接，題詩一首。云：「宴罷歸來海上山，月飄承露
浴金丹，夜深鶴透秋空碧，萬里西風一劍寒。」眞是奇絕
不凡語，未容輕擬。（第三則）

江夏吳偉，號小僊；以畫名世，武宗賜號畫狀元。當其童
時，羈于人家爲伴讀。年七歲，纔入塾便紙作小畫一幅，
題其額，曰：「白頭一老子，騎驢去飲水，岸上蹄踏蹄，水
中嘴對嘴。」塾師見之大哥，然則偉亦天授。（第五則）

王西樓者，武弁也，而以樂府擅名。余觀其所擬樂府，未
嘗強摸；如君馬黃雉子班等篇，皆就眼前時事命題，特筆
氣爽快，發揮可喜。如〈擬婦人騎馬〉云：「露玉筍，絲韁
軟。把襯金蓮，寶鐙輕踏，裙拖翡翠，紗扇掩。泥金畫，
似比昭君，只少面琵琶；天寶年間若有他，卻不把三郎愛
殺。」（第八則）

3. 詠　物

擬睡鞋云：「新紅染鞋三寸整，不落地能乾淨。燈前換晚粧，

被裏鈎春興，幾番間把醉人兒，蹬踢醒。」（第九則）

為便於解說，透過分析，勉強標類，其中有所顯，也有所蔽，若第四、五兩則雖歸於偏向感性一類，實為體道之情的呈現；敘事歸於偏知性一類，第一則為因事自抒懷抱，又偏於抒情，第二、六、十等三則，或諷頌、或自我解懷，則偏於知性的意。第三、七、八等三則歸於「寫景」，實則夾雜著敘事。由此觀之：進之標舉唐調，實宗宋詩，（詳本章第一節之三）而其所抒之情，又迥異於唐之情、宋之意，與唐相較，知性思考加深了，就宋而言，文道合一之意，轉偏於知性美感的機趣，如第二、七、八、九、十等則皆是。

　　純粹的寫景詠物之作，是一種偏於物我主客對立的審美判斷，在審美活動之初，主體的我透過特殊的反映方式，去探索對象物的特質，發現它的美，審美主體主觀的能動性，此際特別突出，知識概念的思考也特別活躍。這類詩作，自南北朝以來，嚮以毫無興寄，類同謎語，被視為馳騁才智的供奉文學，但在晚明遯世逃俗、賞玩風行的思想中，卻再度受到喜愛，公安、竟陵都主「性靈」，對詠物之毫無性情，卻能泰然接受，進之態度亦是如此，《雪濤小書・詩評三・采逸篇》錄評「女手」，云：「此一詩也，詠物而不著迹，逼真而絕牽強，求之唐人集中，恐未多得。」（葉 16b）即所謂「寫真傳神」之意，此神為物之神，而非主客合一的意。

　　是則所謂「真情實境」，宜就兩個範疇分論，「真情」者指涉第一類，「實境」則就第二類而言，合而言之皆就「眼前時事」而發。（見前揭書，葉 24b。）「真情」的內涵與眼前時事的關係往往是二而一的，而「實境」則主客間可是一，也可是二，二而一者，作者的人格寓焉；主客為二者，但騁才智之美而已。進之雖亦重視表現理論所謂的真情實感，而內涵的豐富性，已非「真情實感」所能牢寵。

　　真情實境是心有所往而形成的意境，心之所往，需有助緣因素與

之相激相盪，這些助緣因素，便是事實環境，因事、或詠物寫景爲客觀的事實，緣情當爲主觀情緒的變化，（與「詩緣情」從根源處就感性主體而言者不同。）都視爲詩歌表現的推動力，感而動、迫而應，遂引發詩人的「眞情實境」，詩歌的創作，就是要將這份「眞情實鏡」表而出之。若「詩有實際」之說，宜就主體創造的眞實而言，非指謂客觀的現實，〈詩有實際〉中，凡所錄評，多略述背景資料，但取捨之際，皆就題擬議，題材皆取自現實，內容則透過想像建構的「詩的眞實」，與客觀的現實，並無必然的對應關係，如第五則所示：非得道眞人，必挖苦根，嚼梅花，又如第七則所言，吳偉也非必見老頭騎驢飲水之事，但就詩言詩，作品的意義是契合於現實架構的；評曰「不火食人語」「天授」，正是從詩人的眞情實境立意，一語道破詩中的樞機。

二、學

「眞詩」是七子與公安共同的創作祈嚮，七子主張依著格調的階梯，循序漸進；公安重本色，一空依傍，有即工夫即創作的傾向。而此一創作的方式，有其潛在的危機，蓋所重者在主體本色，聽本色而發者，若非深篤於學問之基，其美惡邪正、當行與否，皆莫之能辨，是以末流遂至「狂瞽交扇，鄙俚公行，推致滅裂，風華掃地」，（錢謙益，《列朝詩集小傳》，丁集中《袁稽勳宏道》，世界書局，1985 年三版，上冊，頁 567。）《四庫全書總目提要》也認爲「七子猶根於學問，三袁則惟恃聰明」，乃至學三袁者「矜其小慧，破律壞度」。（卷一七九，別集類存目六，葉 45a。）

就作品而論，公安末流之失，誠如所言，進之之作，亦不免宏道「間涉俚俳」之議，（《袁中郎全集・雪濤閣集序》，卷一，葉 6b。）但若論以主張不學，亦有所不當。宏道在〈行素園存稿引〉，稱述古人創作的過程，其首便曰「博學詳說而大其蓄」，（見前揭書，卷三，葉 8b。）其弟中道在〈宋元詩序〉中說：宋元諸君子才高趣深者，

於書無所不讀，故「命意鑄詞，其發脈也甚遠」，（引自葉慶炳編，《明代文學資料彙編》，成文出版社，1981 年再版，頁 712。）皆以學力為重。進之在《雪濤閣集・祭屠孺人》中，亦有兩處提出對「學力」的看法：

自古詞人，不由學力，而筆侔造化，氣奪洪鈞者，千載上下，惟一青蓮……

又：

北地（李夢陽）刻意爲古，濟南（李攀龍）刻意爲俊、婁東（王世貞）刻意務集大全，其于此道，非不躋峰造極也，要於學力專詣，非必神理流邑，妙乎自然。（卷十一，葉 12a。）

前者主學，肯定學詩的工夫，後者似對學力的否定，實則在指引「學之方」，作詩要能「神理流邑，妙乎自然」，須以自「眞情實境」流出者爲貴，不可「刻意」而爲，蓋以「詩有別才，非關書也，詩有別趣，非關理也」，（嚴羽，《滄浪詩話・詩辨》，葉 3b。）學力專詣，無法保證詩作的妙契自然，卻是學詩必要的基礎；上述二則立說方式不同，肯定學力的立場，絕無二致。

且其《雪濤小書・詩評三・體物》中，強調唐詩佳處，切於體物爲其一端，並指責擬古者：

詩不體物，泛泛然取唐人熟字熟句粧點成章，遂號于人曰詩，眞中郎所謂「八寸三分帽子，人人可戴者也」，烏乎詩！烏乎詩！（葉 11b。）

所謂「體物」者，蓋指能掌握事物的特性及意義，成爲創作取資的憑藉；詩不體物，則不解文義，以吞剝爲能，是以進之有「烏乎詩」之歎，以此觀之，進之對矯治擬古之失，強調學力亦其一方，豈有主張不學之理。

學的效用在於養識，袁宗道在《白蘇齋類集・論文下》，謂七子之弊，其病「不在模擬，而在無識」（卷二十，葉 4b。）無識故不知悟入，不知以悟爲當行，則陷於死擬而已。進之亦主張博覽，其《雪

濤小書‧詩評三‧用今》中說：

> ……故吾以爲善作詩者，自漢魏盛唐之外，必遍究中晚，
> 然後可以窮詩之變；必盡目前所見之物與事，皆能收入篇
> 章，然後可以極詩之妙。（葉2b）

在《雪濤閣集‧重刻唐文粹引》中，亦同此主張：

> ……夫文而曰粹，譬如看花名園，群芳眾姿，爭奇鬭勝，
> 吾就中摘其最者，寘諸瓶間，其爲賞心娛目，當復何如，
> 而吾以爲終不如百卉並存之爲大，苟世有有力者，盡取古
> 今文，自唐宋而外，若三國，若晉，若隋，若南北朝，五
> 代與元，併而刻之，豈不天地之大觀，千秋之勝事哉！彼
> 識不能周覽，力不能遍舉，而直曰秦漢秦漢云爾，此何異
> 守瓶花一枝，而忘千紅紫之無盡藏也，是漆園生之所笑爲
> 醯雞者也。（卷八，葉67a。）

蓋以「代各有文，文各有至，可互存，不可偏廢」，（同前揭文）唯有
博觀遍覽，極各代體製正變之妙，兼漁古作精華，發而爲詩，方能窮
工極變，所吐自奇。此與劉勰《文心雕龍‧知音》所謂「操千曲而後
曉聲，觀千劍而後識器，故圓照之象，務先博觀」，（卷十，葉14a。）
意義類近。

　　然則劉勰主張博觀，乃在成就作者「圓照」的能力，圓照是一種
物我無礙，即物即我的直感能力；而進之所謂的識，其涵義爲何？《雪
濤閣集‧祭屠孺人》中，曾贊美屠隆說：

> ……詩賦諸體，高華秀朗……即而讀之，若不經意，而諸
> 家之所長者，業已歸其包絡，收諸筆端……余則謂先生之
> 詩，非必有加于北地諸公也，乃其橫絕一代，獨空千古者，
> 正惟諸君子未能相忘于刻意，而先生神流機動，若非有想，
> 若非無想，似乎不假于我，而純任乎天。（卷十一，葉13a。）

屠隆所以能「鎔裁眾體、籠諸家之長」，就是學力所詣，而「神流機
動，純任乎天」，則爲眞積力久，醞釀而成的想像力與創造力，識即
指涉此一想像力與創造力而言。作者具此識力，方能「獨抒性靈、不
拘格套」，而無七子束縛於古人句下之弊。進之強調詩自眞情實境流

出，順此推衍，識亦兼就感性主體與知性主體而言；從前者言：隨症制宜的比興之道近之，此與劉勰所謂的「圓照」意同而層次有別，所同者皆為一種直觀的感受能力，所異者，圓照為見物我圓融的正法眼，進之所論則未及於此；就後者言：是為向外經營的才智，亦即進之所謂化腐朽為神奇的「巧心」，(《雪濤小書・詩評三・巧詠》，葉14a。)《雪濤小書・詩評三》中錄評之作，此一傾向特顯，詠物詩尤然。

識亦可稱為「悟」，所謂「睹驚蛇而悟筆思，觀舞劍而得草法」，(見前揭書，〈用今〉，葉 1a。)「巧心者能悟詩之妙境」，(見前揭書，〈巧詠〉，葉 15a。)此「悟」，僅為方法的發現，詩料與詩、驚蛇與筆意、舞劍與草法、象與意之間只有象徵的關係，部份的協調關聯，如何發現其中的相關性，則繫乎心之能悟，也唯有能悟，方能獨具巧心隨症制宜。是以論詩而曰「必遍究中晚」，遍究是工夫，悟才是歸趣，其在《雪濤閣集・璧緯編序》中即說：

> ……夫近世論文者，輒稱復古，貴崇正而諱言奇，然有不奇而可言文者耶？夫正者，文之脈理，從脈而生息變化，時隱時見，時操時縱，時闔時闢，時陰時陽，時短時長，有自然之奇，然後盡文之態，而極虛明之變。(卷八，葉22b。)

「從脈理而生息變化，盡文之態，而極虛明之變」，亦刻就文事而言，以文章布句的開闔、操縱、陰陽等為「奇」，為能變化，也只不過是作文要領的掌握而已。

嚴羽論詩也重「悟」，《滄浪詩話・詩辨》說：「惟悟乃為當行，乃為本色。」(葉 1a) 但此一悟字，要從天理人欲對立的架構中去思考，悟是一種人格證入的方法，是學問性情渾化而出，超越於現象界之上，轉識成智的悟，朱子積漸成頓之旨同此。

徐復觀先生在〈詩詞的創造過程及其表現效果〉中，論及工力(按：即學力)，以為應區分為兩個階段：第一個階段為積典，第二個階段為化典。積累階段，學殖豐富，創作取資範圍自然擴大，但是

創作與知識間，只是臨時構結，機智性的組合，缺乏作者深刻的、自我的體悟；是以能積必求能化，化典便是把積累的知識，轉化為內在的心源，與情性以塑造提升之功，由此而發為詩文，即人格即風格，作者的胸襟、智慧，莫不凝聚乎紙墨之間。（參見《中國文學論集》，學生書局，1985 年六版，頁 123。）就此觀之，嚴羽論悟，化典者也；若進之所謂之識、悟，雖亦強調「化工之妙」，（《雪濤小書·詩評·用今》，葉 2b。）「極虛明之變」，實則只停滯於知識層面的機智，是積而未化的階段，殆所謂「筆傳學語」之流。

三、才　性

　　才性是人的材質之性，而不涉及道德判斷；然以係秉陰陽之氣而生，厚薄之間，則有美惡、清濁、剛柔等差異性，論詩而強調「詩本性情」，也就凸顯出詩人本色的問題。本色可以是學養塑造提升的人格，也可以天賦的材質氣稟；進之詩論的重心在本色，其持說則偏指材質殊異的一面，《雪濤小書·詩評三·詩品》便說：

> 詩本性情，若係真詩，則一讀其詩，而其人性情，入眼便見。大都其詩瀟灑者，其人必豈快；其詩莊重者，其人必敦厚；其詩飄逸者，其人必風流；其詩流麗者，其人必疏爽；其詩枯瘠者，其人必塞澀；其詩豐腴者，其人必華贍；其詩淒怨者，其人必拂鬱，其詩悲壯者，其人必磊落；其詩不羈者，其人必豪宕；其詩峻潔者，其人必清脩；其詩森整者，其人必謹嚴。（葉 9a）

就作品以窺作者，而曰豈快、敦厚、風流、疏爽、塞澀、華贍、拂鬱、磊落、豪宕、清脩、謹嚴等，皆為才性品鑒的描述語言，透過自然材質、多樣性的展現，跳脫於道德學問之外，以強調作品風格的殊異性，並且在「真詩」的大前提下，各種風貌皆得到肯認。此種生俱的性情觀，殆類同於魏晉的才性品鑒，劉劭《人物志·九徵》第一：「情性之理，甚微而玄」，（卷上，葉 4a。）劉昞注云：「性質稟之自然，情變由於習染」，（同前揭文）性質即指性情，稟之自然者即從「生命天

定」言性；生命才性誘於習染而有情變，正視此一事實，就容許個人有種種活潑的表現姿態，而魏晉的時代意識與學術精神，則從品鑑的立場，就人性的全幅開展處，取其可欣賞者，作為美感的判斷。而進之則就其自然純真與個別特異的本色，肯定其美感的價值。

順著材質的特質面言性，落在詩文表現主體上，則有「詩才」、「詩膽」之說。詩才是創作表現的樞機，是綜攝「真情實境」與「學力」的運作力，進之論詩屢屢言及，如：

> 夫人受才不同，故形諸題詠，亦各自別，譬彼蠶絲……黃白抽于腹，而繭象焉。若乃會稽野繭，從江淹集壁魚化出，繅而為絲，輒成異錦，此造化偶然靈幻所致，豈出自蠶婦者可槩論乎？余觀古工詩之士，其較有三：有正，有奇，有奇之奇。唐杜工部詩，宏博精鍊，如石季倫觴客，俎饌餚核，不離世品，而麟脯鳳炙，間出天下所未嘗之味，此夫正而能奇者也；李青蓮使事不必如杜之核，用書不必如杜之富，而超脫妙絕，飄飄欲仙，泠然如列子御風而行，此夫以奇為奇者也；至于長吉，事不必宇宙有，語不必世人解，信口矢音，突兀怪特，如海天蜃市，瓊樓玉宇，人物飛走之狀，若有若無，若滅若沒，此夫不名為正，不名為奇，直奇之奇者乎！故觀會稽之繭，不從桑婦來，而知人有異才，猶蠶有異絲，若中郎是已。（《雪濤閣集・解脫集引》，卷八，葉 15a。）

> ……至于薛校書、劉采春、鶯鶯、盼盼諸所題詠，又皆淫狎媟嫚，語不稟正，然雖不稟于正，而以閨閣之流，拈藻摛詞，至掩騷人墨鄉，關其口，而奪其所長，斯亦造化所獨縱，故自不朽。（前揭書，〈姑蘇鄭姬詩引〉卷八，葉 52b。）

> 余鄉有李可蕃者……少負美才，善談吐，所為詩，未必成家，然自有詩趣。（《雪濤小書・詩評三・早慧》，葉 30b。）

凡此所述，其要有三：其一，強調詩才的生就性格，所謂「造化偶然靈幻所致」、「造化所獨縱」的異才、美才、皆為性命成命，非憑學力

可至，亦不必強同，形諸題詠，宜各具本色，各有詩趣。其二：才之秉受，係「偶然」靈幻所致，就所當觸值者言，才有美惡，其美者爲異才、爲美才、才有清濁、剛柔，故又有奇正之分。其三：杜甫是「正而能奇」者，秉氣爲正，卻能爲奇，所暗示者爲何？杜詩「宏博精鍊」，李白詩「使事不必如杜之核，用書不必如杜之富」，以是，就材質言性，是性或命定，但爲暫時之定，藉諸學力，可以因勢利導，改變此一定位，而作詩則有非純任天才可及者。

　　「才」是詩人秉諸天的表現能力與特色，詩人徒有詩才，若遇事裏足、因循，亦難有本色之作，故進之又有「詩膽」之說：

　　　夫詩人者有詩才，亦有詩膽。膽有大有小，每于詩中見之，
　　　劉禹錫題九日詩，欲用糕字，乃謂六經無糕字，遂不敢用。
　　　後人作詩嘲之曰：劉郎不敢題糕字，空負詩中一世豪，此
　　　其詩膽小也……膽之大小，不可強爲，世有見猛虎而不動，
　　　見蜂薑而卻走者，蓋所稟固然，矯而效人，終喪本色。（《雪
　　　濤小書・詩評三・詩膽》，葉 10b。）

詩膽是詩人創作的激情，情之所鍾，詩之所在，信筆而出，毫不沾滯，然所秉在天，不可學亦不必學；進之重視絕假純眞的自然本色，往往偏倚於才性天授的一面，葉燮於《原詩》中則曰：「因無識，故無膽，使筆墨不能自由，是爲操觚家之苦趣」，（卷二，內篇下，收錄於《清詩話》，西南書局，1979，下冊，頁 527。）又曰：「無識而有膽，則爲妄、爲鹵莽、爲無知，其言背理叛道，蔑如也。」（見前揭書，頁530。）是則詩膽之大小，固有其先天性，但亦不能自絕於學問識力，孤立發用，由此以觀：劉禹錫之斟酌於糕字，豈非有一文化理念相與提挈乎其間？〔註10〕進之特重於天稟固然，觀念上自不能相容，是於

〔註10〕龔鵬程先生《江西詩社宗派研究》第二卷〈宋詩之背景與宋文化的
　　　　形成〉即指出，宋人論詩，極言以俗爲雅，並強調須經前輩鎔化乃
　　　　可因承，而二義皆發自中唐，劉禹錫之改作竹枝詞，不敢題糕字，
　　　　即可證成此說，又謂葛立方《韻語陽秋》卷五（葉 2b）引劉禹錫嘉
　　　　話錄云：「作詩押韻，須要有出處」之言，正與宋人無一字無來歷之
　　　　意識相合。（詳頁 107）

劉氏有「詩膽小也」之譏。

　　順此，才性有殊異性，作品風格亦因以繁複而多采多姿；詩才有美惡，形諸詩文，則優劣有別；而成全此二者，使能具現於詩文之中，詩膽實為主力，他雖亦肯定博觀遍覽而得的「識」，理論上難免畸重畸輕，在真性情、真本色的價值意識下，未免流於作意好奇。

第四章　眞詩的創作理論

　　宏道論詩主「性靈」，以「出自性靈者爲眞詩」，〔註1〕（見《雪濤閣集》，卷八〈敝篋集引〉，葉11b。）進之與宏道爲反擬古的同志，持論自不相左，然其不標舉「性靈」，而倡「詩本性情」，曰「若係眞詩，則一讀其詩，而其人性情入眼便見」。（《雪濤小書·詩評三·詩品》，葉9a。）性情就心物交感後的狀態而言，可以是感性的，也可以是知性的，（詳第二章第一節之二）只要心之所往，本諸眞情實境而發，有眞實的興感，敏銳的想像，經詩人鎔裁而就者，便是「眞詩」。易言之，眞詩定是有眞性情、眞本色的詩，然此係就「眞詩」應具的條件而言，由眞情實境流出，至實現爲一創作成品──詩，則必論及創作實踐；眞詩既高標眞性情、眞本色，應物興感，吟咏風謠，比類合義，主體心靈實爲主導，在進之詩論中，其眞實的內容與表現態度究竟爲何？茲論列於后。

第一節　創作主體的體性與表現態度

　　進之在《雪濤閣集·白蘇齋冊子引》中，指謂詩文創作的樞機，在於活潑的美感心靈──元神：

─────────────

〔註1〕袁宏道於《袁中郎全集·與江進之》書曾謂「敝篋之敘，謹嚴眞實」（卷二，葉19b。）此雖進之引述之言，考諸宏道論詩主張亦相符契。

吾嘗觀夫人之身所爲流注天下，觸景成象，惟是一段元神。
元神活潑，則抒爲文章，激爲氣節，洩爲名理，豎爲勛猷，
無之非是。要以無意出之，無心造之，譬諸水焉：反爲雲；
降爲雨，流爲川，止爲淵，總一活潑之妙，隨觸各足，而
水無心。（卷八，葉 36a。）

元神是道家語，南唐譚誚《化書·術化、珠玉》曰：

得灝氣之門，所以收其根；知元神之囊，所以韜其光。（葉
5a）

灝氣之門是轉化自老子玄之又玄的眾妙之門，收其根者，養生之謂，
養生之方，積極的作法在知常守道，消極而言在韜光養晦，以守元神；
元神係秉天道而生，爲人本具的清眞素朴的靈魂、精神。進之所謂的
元神，亦有此意，強調體性的素朴自然、無所沾滯、無所掛搭。觀照
萬物，要放下主觀的情識造作，以「無意出之、無心造之」；無意無
心就是純任自然，創作詩文，能「總一活潑之妙，隨觸各足」便是自
然。是以「自然」就主體的體性言，是描述其眞、虛的性格；就主體
的態度言，是指涉其活潑靈妙、隨物賦形的應物原則。

元神雖以眞、虛爲體性，並不能保證其態度的活潑靈妙；何故？
主體心靈受到桎梏，無法展現其自由無限的創造力。桎梏的原因，進
之認爲有二，一爲塵俗之慮的拖滯，一爲義理之見的僵執，（見《雪
濤閣集·白蘇齋冊子引》，卷八，葉 37a。）此二者皆涉及觀念價值
的分別相，塵俗之慮，義理之見所以能桎梏元神，就是人心對此起偏
執，有偏執則有對立、有夾纏、主體眞、虛的性格，無由呈顯；元神
受到拘限，其活潑靈動的應物態度，亦隨之桔亡。因應此一歧出之道，
上上之策，在於「大化與俱、造化與游」，（同前揭文）、「獨與天地精
神往來」，（《莊子·天下篇》）返回至道之境。故其稱賞袁宗道之元神
活潑，則歸功於此：

公（袁宗道）靜觀無始，洞見故吾，湛然虛明，一無所著，
何物塵俗，何物義理，都歸無有，猶之眼前一片，直是空
洞，沙礫金屑，兩無所留⋯⋯（《雪濤閣集·白蘇齋冊子引》，

卷八，葉 37a。）

靜觀無始，就是要消解一切偏執，達到與天地精神融合爲一的境界，唯有如此，方能「洞見故吾」，呈現一「見華非華、見色非色、見垢非垢、見醜非醜」，（同前揭文，葉 36b。）不執著於表象的活潑心靈。然而如何確保元神的與道爲一，湛然虛明呢？進之則主張「焚香趺坐，形神俱融」。（同前揭文）

此一觀念源自莊子的「坐忘」，（《莊子‧大宗師》）坐忘爲莊子指點體道方法的助力，由外緣工夫的坐，協助心體消解情識、慾望等感官直覺所引起的偏執，忘乎物，忘乎己，而臻於「墮肢體，黜聰明，離形去智，同於大通」的境界。（同前揭文）進之所謂「焚香趺坐，形神俱融」，取其膚廓形似，實則雜揉儒、道成說。從應物的心態來看，體道至人「用心若鏡，不將不迎」，（《莊子‧應帝王》）主體心靈是無限開放的靈府，物來則應，主體與客體對象，並無必然的對應關係。而進之言宗道之神契白居易、蘇東坡，雖然直將精魄與游，但交游的對象，係經價值意識的選取，心體已先起執，執則偏，偏則蔽，豈能靜觀萬物？就體道的境界而言，至人用心若鏡，毫無主觀的情識意念，萬物在主體心靈的觀照下，如實呈現，是爲一主客冥合、雙遣雙忘的境界。宗道的神游，既已執著成見在先，所謂「形神俱融」，是要虛其心以迎合對象，心靈若已受到價值規範的限制，在限制條件下活動的主體，以我去遷就對象，即執於「忘我」，執於是非的分別，是則不能忘我，也不能忘其對象；如此，欲其開展一自由無限的心靈，則勢所不能，究其極致，不過爲一虛靈的識心而已。

識心是一橫攝的認知系統，能將感官媒介所得的訊息，予以分析、判斷、整合，廣泛以求，能涵容各種知識；因其靈動善變，又可取資於轉相因累的情識，可開展出造作、新奇的想像之境，想像是相對於如如實存而言，蓋成見預設於心，創造力斲喪減弱，生命主體無所開悟，所成就者爲一撥弄名理的浮華之境，是所謂「坐馳」，與坐忘之通於道境者，正相對反。唯其爲充滿情識造作的認知心，因應不

同情境需要，元神活潑，知所整合操持，是可「抒爲文章，激爲氣節，洩爲名理，豎爲勛猷」；否則，如莊子所謂虛以待物，應物而不傷，旨在開顯一至眞至善至美，泯除一切對立的悟境，豈能拘執於名理、氣節等特定時空下的價值意識？

　　順此，元神之觸景成象，其態度雖曰「無意出之，無心造之」，亦不能如其言說表象，與道家心靈主體的表現態度等同並觀。無意無心的自然，不能簡單化約爲感官直覺的刺激反應，道家講自然，以養性、凝神爲工夫，澄懷觀道爲前提，必須不斷消解外加於心靈主體的情識意念，待主體之透徹清明，了無塵芥，歸於本原能識的眞常心，〔註2〕方有「自然」可言。是以道家要主張心齋、坐忘，透過修養工夫，以蘊涵融攝萬有的創造力。

　　進之論文而曰「無意、無心」，譬諸宗道趺坐之形神俱融，與客體對象可以超越時空，泯除物我，「曠世一室，契合於形骸之外」，(《雪濤閣集》，卷八〈白蘇齋冊子引〉，葉36b。) 然此係「寤寐想像，冀且暮遇焉者」，(見前揭文) 如此苦心冥求，成見在心，本原能識的主體，已轉化爲虛靈、機智的識心，識心的性格擅於整合成說，隨機酬應，但就「陳腔濫調」，談說撥弄，卻未能對其意義作眞切的反省、體悟；若是「無意、無心」已落爲劣義，不從本原能識的呈顯立說，僅就識心虛靈、機智的妙用而言，還諸歷史的時空，可視爲對七子擬古之弊，所發的救治之論，從「不預設高格典範，不刻意擬古」而言「無意出之，無心造之」。

　　其在《雪濤閣集・祭屠孺人》中，即以此爲品評的標準：

〔註2〕眞常心爲佛家語，依大乘起信論的系統而言，心只是一心，一心可以開二門，即眞如門與生滅門，眞如門者爲眞常心是清明的心體，是與生而俱的認識能力，爲純粹經驗所以產生的依據，故顏崑陽先生在《莊子藝術精神析論》第四章〈藝術境界之證人〉中即稱之爲「本原能識」，本原能識是體，必須憑藉眼、耳、舌、鼻、身、意等感官媒介爲條件，方能成立。認識系統是感官知覺又可稱爲「媒介能識」。(參見頁225。)

> 余則謂先生（屠隆）之詩，非必有加于北地（李夢陽），乃
> 其橫絕一代，獨空千古者，正惟諸君子未能相忘于刻意，
> 而先生神流機動，若非有想，若非無想，似乎不假于我，
> 而純任乎天。（卷十一，葉 13a。）

李夢陽等諸人之擬古，以我之情性就縛於典範高格爲「刻意」；屠隆
之「神流機動，純任乎天」，則爲自然，爲可傳。此以純任乎天的自
然與擬古的刻意，相對並舉，指點詩文橫絕一代，獨空千古的法眼，
正凸顯出進之持論「天神活潑」的時代意義；欲人以「無意、無心」
的態度創作詩文，鑪錘在「我」，不在語言形式上自我設限。

　　證諸其對時文的看法，此一元神的性格，更昭然易辨。時文爲明
代試士之八股文，專取四書、五經命題，仿宋學經義，代古人語氣爲
之，體用排偶，計分八股；凡所寫作，須固守先輩矩矱，揣摩古人心
意口吻，剪裁經書註疏以就。是以袁枚於《小倉山房尺牘》卷三〈答
載敬成進士論時文〉中疾言詈責：

> 從古，文章皆自言所得，未有優孟衣冠，代人作語者，
> 惟時文與戲曲，皆以描摩口吻爲工，如作王孫賈，便極言
> 媚竈之妙，作淳于髡、微生畝，便極詆孔孟之非。猶之優人，
> 忽而胡妲，忽而蒼鶻，忽而忠臣孝子，忽而淫婦奸臣，此
> 其體所以卑也。（引自錢鍾書先生，《新編談藝錄》，1983，
> 頁 361。）

若以擬古之缺乏情性爲非，則時文之代人作語，亦無與於主體情性，
理當摒斥；進之則稱賞時文佳作，能「抉我肺肝，洞聖賢之衷曲」，
（《雪濤閣集》，卷八〈吳無競制義序〉，葉 25a。）非但不以抒寫古
人情性爲假，反當作「我自爬搔」（見前揭文）在〈明文選盛後序〉
即曰：

> 夫國家取士以文，用士以政，文與政，其致外判，而其精
> 內通，總之不離乎實者近是。（《雪濤閣集》，卷八，葉 23b。）

即人格即風格的觀念，由詩至時文，一概適用，只要出自作者的眞實，
時文中的作者即等同於現實生活的作者，全然無視於時文之代聖立

言。實則時文的作者相對於現實的作者，爲一「假我」，具有俳優的性格，就角色扮演來看，透過識心的虛靈妙用，憑藉積累的情識意念，設身處地，揣摩體會客體的對象，亦可臻乎形神俱融之境，奈何無論其再逼眞、再傳神，終究是外於主體情性的。據此以觀，時文的創作主體就是元神，與擬古者相較，元神是活潑、虛靈的；若置於本原能識的觀照下，則其夾纏著紛亂難解的情識、欲望、意念，上焉者，但爲一聰敏的知心。此所以進之言「詩本性情」，評選作品，則兼涵有感性與知性偏向的原因。

第二節　創作的原則與進程

一、創作原則

　　創作的主體心靈──元神，既具有敏銳、機智的特性，其觸物興感，輒變易不居，本色獨具，際其實踐爲客體的作品，欲求本色的如實呈現，創作的原則亦宜作相對的規範。進之在《雪濤小書・詩評三》中，首列〈用今〉一篇說明此旨，（葉 1a）以示爲詩之大端。

　　「用今」就是「用新」，何謂「新」？

> ……不分今古，不論久近；蓋天下事，今日見在則謂之新，
> 明日看今日，即謂之故。（見前揭書，〈用今〉，葉 2a。）

今與古、新與故，皆非限定下的相對觀念，只要「今日見在」「與我意思互相發明」者，皆可謂之新；「新、故」「今、古」的判準，實繫乎元神的活潑與否，元神所注，則爲新、爲今。「用今」具體的說，是要適當的運用媒材以具現元神的活動之迹，不標舉典範高格，預設限制，但用所當用而已。故其又云：

> ……故吾以爲善作詩者，自漢魏盛唐之外，必遍究中晚，
> 然後可以窮詩之變；必盡目前所見之物與事，皆能收入
> 篇章，然後可以極詩之妙……只因盛唐二字，把見前詩與
> 見前詩料，一筆勾罷；如此而欲詩格之新，豈非卻步求全

　　之見也歟？（見前揭文）

用之得當，詩歌創作的內容與形式，必與元神相因依；明人的歷史時
空，文化意識，皆迥異於盛唐，其元神又爲充滿情意造作的識心，二
者轉相推轂，固執於盛唐第一義，已無法抒寫性情；且格套沿襲既久，
千篇一律，疊床架屋，了無情趣。故進之謂善作詩者，要遍究中晚，
要能融攝萬有，方可窮詩之變，極詩之妙，即在破除擬古的畫地自限，
而示以「用今」之道。

　　窮詩之變，是體製、風格的調適方，劉勰《文心雕龍・體性篇》
說：

　　八體屢遷，〔註3〕功以學成，才力居中，肇自血氣。氣以
　　實志，志以定言；吐納英華，莫非情性。（卷六，葉8b。）

文體的構成，決定於人的情性，情性的形成，內本於才、氣，外緣於
時代環境與個人的際遇，是以八種基本體式的變化，必因於個人的才
性、學力、思想人格與題材，此所謂「見前詩」的問題。極詩之妙，
是語言妙材的突破與改造，眞詩的創作，要「因時因事，命題名篇」，
（《雪濤小書・詩評三・擬古》，葉4b。）時事不同，場景有別，跼
蹐於千古名色，無法自出機軸，元神焉有不牿亡之理，此類問題，則
屬「見前詩科」的範疇。見前詩與見前詩料，爲眞詩創作的兩大要素，
故進之認爲捨此二者，而望詩格之新，爲卻步求全之見；「用今」原
則的掌握，亦需就此兩大課題，探討其意涵。

　　「見前詩」是就詩歌的表現內容而言，進之倡「詩本性情」，曰
「詩言志，志者心之所之，即性情之謂」，（見前揭書，〈用今〉，葉
1a。）此一主張不始自進之，《尚書・堯典》已載有「詩言志」之說，
其特爲標舉，仍是當時文學思潮所趨，要在擬古者客觀的詩學中，導
入作者的情性，「元神活潑」之論，即是此一思考下的產物。元神是

―――――――――――――

〔註3〕八體依劉勰之意即，爲八種基本的體式：「一曰典雅，二曰遠奧，三
　　　　曰精約，四曰顯附，五曰繁縟，六曰壯麗，七曰新奇，八曰輕靡」。
　　　　（見《文心雕龍》卷六〈體性篇〉，葉8b。）

創作的主體，蘊含有活潑的創作力，此一活潑的創作力係就發用的可能性與多元性而言，就現象界的實有來看，它是虛體、虛涵；徒有虛體的元神，若無外物助緣情境的激盪，元神無所發用，心體不起任何反應，就無性情可抒，無詩可作。是以詩歌的創作必須基於內在情性主動的表現訴求，故進之在〈求眞〉中，即指出：

> 蓋凡爲詩者，或因事，或緣情，或詠物寫景，自有一段當描當畫，見前境界，最要闡發玲瓏，令人讀之耳目俱新。
> （見前偈書，葉 3a。）

這一段「見前境界」，或是緣情綺靡的感性激盪，或爲胸懷抱負的思考，抑是賞玩笑談的機趣，不論何種風貌，但爲元神所觸發，具有抒寫而出的訴求，詩歌才有創作的需要與憑據；否則，缺乏表現的對象與內容，以塡詞的方法作詩，亦不過爲文字遊戲而已。是以用今之道，就詩歌的內容而言，即指涉這一段「當描當畫的見前境界」，亦即所謂的「眞情實境」；用今就是求眞，是對於表露眞情實境的強調。

目前詩料是探討取境造語的問題。詩歌表現的目的在於吟咏情性，因應此一特殊目的，詩歌創作的表現方式，有其特別的規範——賦比興的運用；進之論詩筆以此三義爲尙，七子亦強調於此；然則何以所尙同，而所用有別？關鍵在於對古、今不同的價值判斷，七子末流貴古賤今，擬古而泥於古，凡所取資，不論景物、故事，悉以盛唐爲範式，甚而「摘取盛唐字句嵌砌點綴」，（《雪濤小書・詩評三・擬古》，葉 4a。）於是性情興會，一無所抒。進之論詩既強調眞性情、眞本色，語言媒材的運用，皆以能否達到此一目的爲依歸，持論正與七子對反，其批評擬古曰：

> ……夫彼有其時，有其事，然後有其情，有其詞，我從而擬之，非其時矣，非其事矣，情安從生？強而命詞，縱使工緻，譬諸巧工能匠，塑泥刻木，儼然肖人，全無人氣，何足爲貴？夫肖者且不足貴，況不肖者乎？（見前揭文）

爲因應性情興會的變易性與多樣性，是以主張「用今」以破除擬古的

偏執。就語言而論，用今之道貴在「因時制宜」，只要能適切的描畫
出見前境界，古雅者可用，俚俗者亦可用，漢家故事可用，漢以下故
事亦可用；總之，不繫於字眼之古不古、雅不雅，繫於用之善不善，
（詳前揭書，〈用今〉，葉 2a。）是所謂「隨地隨事援入筆端」「非撷
拾已往陳言，圖爲塞白」而已。（見前揭書〈體物〉，葉 11a。）

　　這兩大課題的內涵，易以宏道的口吻，即爲「獨抒性靈，不拘格
套」。獨抒性靈是詩歌內容表現的原則，強調眞詩要從眞情實境流出；
不拘格套是語言媒材運用的原則，以撷景眼前，因時達變爲貴；進之
合而言之曰「用今」，旨在使詩歌創作歸本於「性情」。

二、創作進程

　　文類區別，文體的規範各有法式；文體以情性爲樞機，時代變遷，
文化精神不同，文體固有恒常不易的藝術形相，亦需於常法外因情以
求變；個人情性不同，爲文之道，當知守此原則。論其發端，必始於
摹體，摹體是文體規範的學習，亦爲對作者生命人格的探索與相契，
在學習的歷程極具分位，但這種分位有其邊際性，過度擴張它的功
能，殆如七子末流食古不化，乃至失去活潑的情性；進之詩論，因矯
枉而發，乃以「元神」爲創作主體，標「用今」爲創作原則，順此思
考，言創作的進程則曰：「目到意隨、意到筆隨」。（《雪濤小書・詩評
三・用今》，葉 2a。）

　　此意在其《雪濤閣集・蔽篋集引》，曾援用宏道之言，作更清晰
的論述：

> 夫性靈竅于心，寓于境，境所偶解，心能攝之；心所欲吐，
> 腕能運之。能攝境，即螻蟖蜂蠆皆足寄興，不必睢鳩驪虞
> 矣；腕能運心，即諧詞謔語，皆足觀感，不必法言莊什矣！
> 以心攝境，以腕運心，則性靈無不畢達，是之謂眞詩。（卷
> 八，葉 11b。）

「性靈」相當於進之所謂的「性情」，性情是心發用後所形成的境界
狀態，性靈內涵的醞釀亦同。以「心」爲感受主體，「境相」爲感受

的對象，〔註4〕心靈與境相感應、融合，所形成的獨特的情感意趣便是「性靈」，故曰是「竅於心、寓於境」；創作實踐之前，情感志意已先盈塞於胸中，此即進之所謂「最要闡發玲瓏」的「當描當畫見前境界」。(《雪濤小書‧詩評三‧求真》，葉 3a。) 境界是恍惚隱約、不可把捉的，必須藉著事物給予形象化，取資的事物依照用今的原則，要取自真情實境，即指相與交感的景物，與意義相與發明的故事，故曰「境所偶解，心能攝之」，即進之所謂「目到意隨」。物我相遇之際，心體應機攝取境相，當下必有所體悟，故此交感過程的第一義，應是「情以物興」、「物以情觀」，(劉勰，《文心雕龍‧詮賦》，卷二，葉47b。) 物我的相互成全。徐復觀先生曾解釋此一現象：

> ……真能成爲文體，而給與讀者以深刻印象的文章，對題材不僅是一般性的認取，而是要先將外在的題材，加以內在化，化爲自己的情性，再把它從情性中表現出來；此時題材的要求、目的，已經不是客觀的，而實已成爲作者情性的要求、目的；並通過作者的才與氣而將其表達出來。此一先由外向內，再由內向外的過程，是順著客觀題材→情性→文體的徑路而展開的。(《中國文學論集‧文心雕龍的文體論》，學生書局，1985 年六版，頁 49。)

以心攝境是「性靈」的醞釀與形成，將其對象化具現爲作品，便是由情性通乎文體的創作實踐。此一階段則涉及媒材運作的問題，語言文字是詩歌創作的媒材，詩歌所以吟咏情性，主體是情性，即進之之「性情」，宏道之「性靈」，媒材是詩歌創作不充分而必要的工具，它本身有限指性、情性又飄忽難測，作者的運作技巧又有良窳之別，以此而藉以表達情感意趣有其必然的限制；弔詭的是：無語言文字爲之中介，詩人的志意亦無法呈顯，是以「心所欲吐，腕能運之」，要以有限表達無限，「意到筆隨」非高手莫辦。

〔註 4〕現象界的萬事萬物，爲外在的感官所知覺，而顯現色、聲、香、味、觸各種不同的感應，是感官的認識對象，即唯識論者所謂的「相」，故此稱外物之境爲「境相」。

　　由是以觀，「目到意隨、意到筆隨」，言至簡易，而境界則非可輕易企及，必須涵養性情，積學以塑造文體結構力，直到性情學問渾化爲一，能以體道的虛靜心靈，靜觀萬物，應照萬物，此爲「從心所欲不踰矩」的境地，既能遵守客觀的規範，又能自抒性情。但言攝境則強調「螻蟻蜂蠆，皆足寄興，不必雎鳩驪虞」；欲腕能運心則謂「諧詞謔語皆足觀感，不必法言莊什；此雖進之等公安人士，另闢蹊徑之法，但緣於矯弊而發，立論不免過激，譬如：詩之藝術形相，嚮以溫柔敦厚、雅正爲高格，倡言諧詞謔語入詩，已逾越文體當行的常法，且以「雎鳩驪虞、法言莊什」爲格套、陳言，刻意另立一套新奇言語，則是就語言媒材造作求變，此爲乾慧，無與於詩歌創作的源頭活水，雖標舉題材，媒材要從性靈流出，實則缺乏內在化的交感作用，但爲外於情性的客觀材料而已。

　　在思想庸俗化，市民文藝盛行的明代，（詳第一章第二節）創作多流爲言語的撥弄，「目到意隨，意到筆隨」的高格典則，降而爲「率爾操觚、任情以爲眞」的酬酢遊戲，進之之愛賞晚唐詩人，謂「詩家如李長吉（賀）不可有二，如盧玉川（仝）不能有二」，（《雪濤小書・詩評三・評唐》，葉 5b。）認爲「必盡目前所見之物與事皆能收入篇章，然後可以極詩之妙」，（見前揭書，〈用今〉，葉 2b。）皆與此劣義的創作進程同一思考，無怪乎小修有修正之論曰：

　　　　……至于詩之一道，未必有中郎之才之學之趣，而輕效其顰，似尤不可耳，何者？言之無文，行而不遠，情雖無所不寫，而亦有不必寫之情，景雖無所不收，而亦有不必收之景，色澤神理貴□□宣，三日新婦與野戰驕兵等一病也。
　　　　（《珂雪齋近集・答須水部日華》，卷十，葉 10b。）

此雖爲宏道辯說，實可視同爲進之而發。

第三節　創作價値判準

　　價值判準是詩歌鑑賞，品評優劣的依據，但是鑑賞的價值歸趨，

往往也是創作的指導理念，切進的角度不同，它扮演的角度可以隨之異用。以其為創作的指導理念，則收攝於本章，藉明創作理論之一端；視之為鑑賞的標準，創作的理想，則附於篇末，繼創作進程之後，探討真詩創作的最高境地。

一、「真」、「趣」

進之品評時作的基本判準是「真」，其在《雪濤小書・詩評三》中即謂：

> 善論詩者，問其詩之真不真，不問其詩之唐不唐、盛不盛，蓋能為真詩，則不求唐不求盛，而盛唐自不能外：苟非真詩，縱摘取盛唐字句、嵌砌點綴，亦只是詩人中一箇竊盜掏摸漢子。（〈求真〉，葉3a。）

「真」相對於「假」而言，強調作者個性的呈現，只要拋開「盛唐典範」，放手創作，或敘事、抒情，或詠物、寫景，不論為緣情、言志，或馳騁才智，都合乎「真」的要求，故論詩常以此為價值判準：

> 載在茲編者，大端機自己出，思從底抽，摭景眼前，運精象外，取而讀之，言言字字，無不欲飛……（《雪濤閣集》，卷八〈錦帆集序〉，葉14a。）

> ……嵇中散絕交，養生二篇……彼其情真語真，句句都從肺腸流出，自然高古，自然絕特，所以難及。（《雪濤小書・詩評三・雌黃》，葉12b。）

> ……此等制作未免俚俗，而才料取諸眼前，句調得諸口頭，朗誦一過，殊足解頤。其視匠心學古，艱難苦澀者，真不啻啖哀家梨也。（見前揭書，〈詩有實際〉，葉25a。）

創作要「機自出，思從底抽」，「機」是應物後所形成的當前境界，是第一心象，「思」是對第一心象作知性的反省；在創作過程中，感性與知性的關係非常詭譎，任何一方過度活動，均非得當。宋元以前，我國詩歌嚮不離緣情、言志的抒情傳統，感性興發是詩歌表現的主要內容，知思活動受到相當限制；明代市民文藝興起，重知性思考，進

之價值意識與時代風尙相同，論詩只強調「自出機軸」，（見前揭書，
〈擬古〉，葉 4b。）不自覺滑離詩歌抒情的本質，是以，「從肺腸流
出」「才料取諸眼前，句調得諸口頭」，只要擺脫古人牢籠的作品都是
眞詩。

　　眞詩的基調只推求作品是否從眞情實境流出，不涉及創作效果優
劣、格調高低的問題；是以上舉所謂「才料取諸眼前」之作，雖然「未
免俚俗」，仍勝擬古者一籌。進之認爲毛詩國風能傳誦千古，亦同於
此，蓋「自卷耳，葛覃外，出于正者絕少」，並且不乏淫狎媟嫚之語，
但以「洩於人心自然之籟」，故爲可傳；（詳《雪濤閣集》，卷八〈姑
蘇鄭姬詩引〉，葉 52b。）擬古作品非必不佳，但即使極工極似，也
「全無人氣」。（見《雪濤小書・詩評三・擬古》，葉 4a。）

　　作詩「全無人氣」，即元神桎梏，不能呈顯活潑的虛靈妙用，作
者的胸襟、氣質、情思、才智、技巧等特殊性，亦無法表露，故宜當
批駁；若元神活潑，這些特殊本色，形諸詩歌方能造就個人特有的美
感品味，此即進之所謂「趣」。故曰：

　　　夫爲詩者，若係眞詩，雖不盡佳，亦必有趣；若出於假，
　　　非必不佳，即佳，亦自無趣。（見前揭書，〈貴眞〉，葉 9b。）
由「眞」言「趣」，「眞」不涉及格調高低，進之對「趣」的看法亦同，
從其《雪濤小書・詩評三》錄評之作可見：

　（1）深淺池塘看乳鴨，寂寥門巷數歸雅。（〈家居詩〉）
　　　　評云：幽閒可愛。（自按：情趣。）
　（2）洞庭野水碧天浮，萬里蕭蕭蘆荻秋，可怪君山顏色厚，
　　　　年年常對岳陽樓。（落第學子〈題洞庭〉）
　　　　評云：二語甚含蓄有趣。（自按：諧趣。）
　（3）曾向花叢撿悄枝，軟如春筍嫩如荑，金刀欲動輕鋪繡，
　　　　彤管頻抽清畫眉，雙綰鞦韆扶索處，半掀羅袖打鳩時，
　　　　綠窗獨撫絲桐摻，無怨春愁下指遲。（〈詠女手〉）
　　　　評云：詠物而不著迹，逼眞而絕牽強。（自按：物趣。）
　（4）啼得血流無用處，不如緘口過殘春。（〈詠子規〉）

評云：託物以傷拒諫者爾。（自按：借物託諷，意趣。）

（以上見〈采逸〉，葉 16a。）

(5) 到處尋春不見春，芒鞋踏破曉山雲，歸來笑拈梅花嗅，
春在枝頭已十分。（〈詩有實際〉，葉 23b。）

評云：絕似悟後人語。（自按：理趣。）

所謂「幽閒可愛」、「含蓄有趣」、「不著迹」、「託物以傷拒諫」，用語
不同，都指涉「既在詩之中，又在詩之外」的美感效果——趣，（見
《雪濤閣集》，卷八，〈陸符卿詩集引〉，葉 23a。）其中有抒情、打
諧、詠物、託諷、感悟，兼涵有感性的情趣，與知性的諧趣、物趣、
意趣、理趣，並不標舉「發乎情止乎禮義」的普遍之情。

唐詩「興趣」的藝術境界，據嚴羽《滄浪詩話》所言，殆如「空
中之音，相中之色，水中之月，鏡中之象，言有盡而意無窮」，（〈詩
辨〉，葉 3b。）是既無目的性，也無客觀義蘊的美感情趣，憑藉設境
託意的語言效果，暗示、醞釀而出，讀者可在寬闊的詩的空間中，馳
騁想像，心領神契，詩的義蘊無迹可求，並且涵泳而愈出。（詳第三
章第二節之一）

歸納上引諸則，進之「趣」的意涵，可分三類：第一，與唐詩興
趣同，是由全詩中所流露的情趣，如第一、五兩則，一抒幽閒之情，
一寫悟後之境，設境譬況，韻味溢於文字之外。第二為比喻格的運用，
如第三則。第三是機智的展現，如第二、四則，皆為借物託諷。後二
類的創作，知性的思考已大為提升，由此而言，趣的韻味雖須求諸文
字之外，義蘊卻已呼之欲出，而非無迹可求；並且，曖昧、象徵是詩
歌藝術境界的本質，若以此物比彼物，雖亦有淺近之趣，但失去迷離
惝怳、含蓄無垠的妙趣，就落入劣義詩格；進之偏就一聯一句的知性
美感言有味、有趣，其價值意識已傾向作者才思、技巧的強調，與詩
本性情之「真」，同一思考脈絡。（詳第三章第一節之二）

二、古 雅

真詩以真為基調，但未必為佳作，若真且佳者，進之則稱為「古」，

使用古意、古體、古調、古詞、古色、古雅等詞評斷，「古」即爲眞
詩創作的最高判準。

　　七子標舉各種文類的第一義，爲古的典則；進之論歷代制作，以
六國先秦之文「縱橫馳騖，如生龍活蛇，捉摸不得」，（《雪濤小書・
詩評三・復古》，葉 21a。）以二百篇、離騷、古詩十九首爲「未雕
之璞」，曹氏父子、陶淵明、初唐四傑、李杜爲高格，（詳前揭書，〈法
古〉，葉 10a。）與七子第一義的看法相同。二者的區別：七子是從
語言氣象學古人，進之則認爲：時事不同，興感有異，創作要表現詩
人本色，若以擬古爲復古，並不能回復到古作理想的境地，所以易而
求「神情默合」，（《雪濤閣集》，卷十二，〈與屠赤水〉，葉 48b。）從
美感情趣上法古，取代字模句比式的擬古。

　　然則，與古人神情默合的意境，眞實的內容爲何？摘錄《雪濤小
書・詩評三》中數則文字，窺其旨意：

　　(1) 詩所爲貴，古者自雅頌離騷之後，惟蘇李河梁詩與十
　　　　九首係是眞古，彼其不齊不整，重複參差，不即法不
　　　　離法，後不模之，莫得下手，乃爲未雕之璞。（〈法古〉，
　　　　葉 10a。）

　　(2) ……「承恩不在貌，教妾若爲容」二語寥寥，而君臣
　　　　上下遇合處，情皆若此，杜（荀鶴）以兩言括之，可
　　　　謂「簡而盡、怨而不怒」者也。（〈杜聯〉，葉 12a。）

　　(3) ……「洞庭野水碧天浮，萬里蕭蕭蘆荻秋，可怪君山
　　　　顏色厚，年年常對岳陽樓」後二語甚含蓄有趣。（〈宋
　　　　逸〉，葉 16b。）

　　(4) ……「野雞羽毛好，不如家雞能報曉：新人貌如花，
　　　　不如舊人能績麻，績麻做衫與君著，眼見花開又花落」
　　　　此等語取之目前，要自古雅暢快，有三百篇之風……
　　　　（〈詩有實際〉，葉 25a。）

　　(5) 武廟之初，李西涯柄政，大都長者耳，無救世亂。或
　　　　題詩譏之曰：「才名少與斗山齊，伴食中書又日西，回
　　　　首湘江春草綠，鷓鴣啼罷子規啼。」解禽言者曰：「鷓

鴂聲道：行不動的，哥哥！子規聲道：歸去好！」湘
江者，公故鄉也。其詩可謂「婉且切」云。（同前揭文，
葉 25b。）

(6) 翠色連荒岸，煙姿入遠樓，影鋪秋水面，花落釣人頭，
根老藏魚窟，枝低繫客舟，瀟瀟風雨夜，驚夢復添愁。
評云：蒼老古拙。（節自〈閨秀詩評〉賦得江邊柳條，葉
38b。）

傳統的詮釋：所謂「未雕之璞」、「蒼老古拙」，是形容詩歌不假雕琢，
具有渾然天成之美，「怨而不怒」「含蓄有趣」「古雅暢快」「婉且切」
皆為規範性語詞，指情感蓄積深厚，反複沈潛，形諸於詩皆能止乎禮
義。進之如此論詩，就語詞的規範作用而言，與古人評詩的價值判斷
相同；若取作品和評語比觀，可知事實並非如此，進之「含蓄」的意
涵，與感情蘊積深厚的含蓄，同名異實。如第四則的確有樂府古詩「溫
柔敦厚」的藝術形相；第二、三、五則皆為比喻格的運用，〔註5〕富
有濃厚的知性美感，與本節、壹所述「趣」的內容相近。

周質平先生在《公安派的文學批評及其發展》中即指出：「古」
在公安派的理論中，只籠統的代表一種理想的詩文境界。〔註6〕（商
務印書館，1986，頁 11。）作為進之真詩創作的最高判準，意義也
頗為含糊夾纏，從他所評「含蓄」的作品來看，明詩不深於體悟，喜
馳騁才思的性格，在進之價值意識中，有鮮明的反映。

〔註 5〕 王夫之《薑齋詩話》下二十三條曰：「……至若晚唐餖湊，宋人支離，
俱令生氣頓絕。『承恩不在貌，教妾若為容』『風暖鳥聲碎，日高花
影重』醫家名為關格，死不治。」（引自《清詩話》，西南書局，1979
年，上冊，頁 11。）王夫之視為餖湊之句，進之則譽為「簡而盡，
怨而不怒」，二人價值判準不同由此可見。

〔註 6〕 周質平先生以為：古人在袁氏兄弟筆下，完全成了一個抽象的概念，
它並不特指某一個時代的人或作品。筆者以為公安派理論的「古」，
固沒有明確的指涉，但他們所標舉的作者作品，就詩歌言，皆當劃
歸宋型詩作之類。

第五章　進之詩歌風格的特質

　　作爲藝術品，詩歌代表美感價值意識的選擇，美感價值意識雖依個人才情、思想之異而有不同，卻無法擺脫時代文化思想的影響，是以，同一時代，詩歌創作可爲當代特殊文化型態，勾勒出發展基線。進之論詩，雖然含糊的標舉「唐調」，反對宋作之「以文爲詩」；然探討其理論觀點，明文化的思想型態，衍宋之緒的樣貌，正清晰可見。但更精密的深究：從詩學理論到創作實踐，由虛懸抽象的理，具現爲文化藝術的表現體，須依媒材爲之中介；這其中便有歧出的危機，一爲來自理論本身的偏蔽，二爲媒材運作的滑失；若就進之而言，創作實踐與詩學理論二者關聯性爲何？本章先就其著作——《雪濤閣集》，分析其詩歌體製，進而與其詩學理論比勘，藉以明其創作風格。

第一節　進之詩歌體製的分析

一、古　風

（一）五　言

　　進之古體制作稱爲「古風」，無古詩或樂府之名。樂府、古詩清以降多加區別，〔註1〕蘅塘退士編集《唐詩三百首》，即沿用二分法；

〔註1〕清施補華《峴傭説詩》曰：「古詩貴渾厚，樂府尚舖張，凡譬喻多方，

進之古風合古詩、樂府爲一類，係承唐開元以後「新樂府」的精神，一反唐以前沿襲古題、重複唱和的舊蹊，即事名篇，無復倚傍，雖不必叶於律呂，卻頗得指論時事之旨。

五言古體，本以魏晉爲正格，貴能表現質朴情眞、風流蘊藉的特色，若馳騁才氣，縱橫議論，皆爲禁忌；初唐五古即承襲此一風格。降至杜甫，以其忠君愛國之忱，悲天憫人之情，全部宣洩於詩，或反映社會，批評現實，或發抒感慨，寄託懷抱，漢魏純正和婉的風格，變而爲沈著痛快，沈德潛《說詩晬語》即說：

> 蘇李十九首後，五言最勝。大率優柔善入，婉而多風。少
> 陵才力標舉，縱橫揮霍，詩品又一變矣。要其感時傷亂，
> 憂黎元，希稷卨，生平抱負，悉流露於楮墨間。詩之變，
> 情之正也。（卷上，葉 9a。）

標舉才知，議論酣暢，題材、篇幅隨而擴張，比於魏晉爲別調，但自杜甫後，韓愈、孟郊、白居易等，乃至宋以下的五古制作，都以此爲正格。

進之五言古詩，篇數極少，《雪濤閣集》中，詩五卷，五古僅有十五首；魏晉五古正格，以一、二十句爲常式，進之十五首中有七首超過三十句，〈自述〉更高達五十二句，（卷一，葉 4b。）雖然不及杜甫〈自京赴奉先縣詠懷〉長達五百字，但是篇幅已有增益；其別於魏晉初唐，接迤杜甫開啓的宋型詩作，正自昭然。推究增益的原因，主要在於用古文章法舖排，篇中間雜議論，篇末又深致感慨。就〈自述〉而論：全篇可分爲四段，如文章起承轉合的布局，起段就發議論，以「喫虧爲福」之意破題，使用八句點明平生懷抱，次段引入正題，敘述任長洲縣令，奔走酬酢之苦，第三段轉而抒寫投閒置散的樂趣，與次段相反相成，導出「知足、常足」等八句，綜述心境，又與起段

形容盡致之作，皆樂府遺派也，混入古詩者謬。」（葉 3b）又郎廷槐編《師友詩傳錄》載：阮亭謂「樂府主紀功，古詩主言情」，蕭亭認爲「詩貴溫裕純雅，樂府貴遒深勁絕」，（葉 6a）皆指出樂府與古詩有別。

相呼應，章法結構，條理井然。夾敘夾議，文氣勝過詩的情味；除句式整齊，一韻到底外，與古文體製相去不遠。

　　詩中明喻筆法的運用，也使內容更加舖敘詳盡，如〈憶昔〉：

　　……年來諸仕宦，眼中可睹記，如展百官圖，擲骰相賭戲，
　　得么多者鈍，得四多者利，須臾至保傅，只銷幾個四，收
　　圖裏骰子，誰軒復誰輊……（《雪濤閣集》，卷一，葉 7a。）

以百官圖遊戲作比喻，用八句譬說仕宦順逆的虛妄性，一如寫作文章明白暢快。

　　古詩十九首爲五古高格，它的妙處，在能運用淺白平實的語言，敘述人間最爲深摯的情懷，引人反復沈潛而餘味無窮；進之五古，則馳騁才智，陳述太盡，已無優柔和婉的情趣，就其風格而言，近於杜甫開啓的宋型五古，而與魏晉風流蘊藉的正格不同。

（二）七　言

　　進之七言古體，編類和五言相同，以古風爲名，兼涵有古詩及樂府。四十六篇中，多有以怨、行、歌、賦、謠、篇等標目，正見其不離歌謠體製，並具有樂府的性格。

　　七言古體唐初仍濡染齊梁風尚，開元以後，始易爲變格，李杜是開創風氣的關鍵人物。清錢良擇《唐音審體》論及此旨：

　　七言始於漢魏歌行，〔註2〕盛於梁。梁元帝爲燕歌行，群下
　　和之，自是作者迭出，唐初諸家皆效之。陳拾遺創五言古
　　詩，變齊梁之格，未及七言也。開元中，其體漸變，然王
　　右丞尚有通篇用偶句者。旋乾轉坤，斷以李杜，爲歌行之
　　祖；李杜出，而後之作者，不復以駢儷爲能事矣。（葉 2b）

李杜後，韓愈、元稹、白居易等大力提倡，至宋黃山谷更集古今正變大成，而蔚爲宋人一代之學。

　　齊梁舊體，講求音節頓挫，駢儷俳偶，近似律詩變體；多以八句

〔註 2〕清馮班《鈍吟雜錄》古今樂府論條下曰：「今人歌行題曰古風，不知
　　　始於何時。」（葉 1a）。

爲限，可換韻，亦可不換韻；換韻則有二句、四句、八句的分別，並且要平仄相錯。李白騁氣抒懷，雖循用古題舊目，但篇幅、用韻皆已自具筆法；老杜則逕創名目，不論合律與否，以筆力過人爲勝，此時取材層面大爲推擴，不復囿於抒寫宮闈閨情；講究舖敘章法、沈著痛快的風格、博涉世故的筆法，較五言古風更爲彰顯。宋人七古，多師法杜甫、韓愈，蘇東坡、黃山谷更爲個中高手，他們特別在用韻上下工夫，多以單行逕直之氣，凝歛在一韻之中，有和韻、次韻、險韻，重押等種種名目。〔註3〕

進之七古，如開元以後的新樂府，多就事擬題，或抒情言志，或卷冊酬贈，馳騁議題，題材廣闊，與其五古制作性格雷同，而特色更爲明顯。就作品數量看：七古四十六首，五古十五首，比例爲三比一，就創作風格而言：七古開闊跌宕的氣勢，超越五古之上；就體製分析：七古篇幅，已非八句所能限制，四十六首中，有二十五首皆在三十句以上，〈馴鴛篇贈張伯起〉、〈迎春歌〉、〈雪中望廬山懷古〉、〈熊中丞公三異冊〉皆長達五十餘句。（《雪濤閣集》，卷二，葉9a、12a、20a、32b。）凡此皆與宋型詩歌的特色相同。

然而觀其句式、詩韻，又與宋型詩歌微有別異。古體以用整句爲正格，蘇黃多用雜言，進之則介乎二者之間；七古四十六首，間出雜言的有二十五首，約佔百分之五十四強。用韻的情況也是如此，〈廣陵怨〉〈椿庭園壽九十七徐翁。上虞人〉〈順成門外空舍偶見海棠感賦〉

〔註3〕「和韻」是和他人之詩而用其原韻。和韻有三體：一爲依韻，謂用同一韻中之字相和，而不必用其原字。二爲次韻，謂和其原韻，並且依其先後次第相和。三爲用韻，但和其韻，而不必依其先後次第。「險韻」是以生僻字爲韻，「重押」是一首詩中用同一字重複押韻。明都穆《南濠詩話》云：「古人詩有唱和者，蓋彼唱而我和之，初不拘體製兼襲其韻也。後乃有用人韻以答之者，觀老杜嚴武詩可見，然亦不一一次其韻也。至元白、皮陸諸公，始尚次韻，爭奇鬥險，多至數百言，往來至數十首，而其流弊至於今極矣。非沛然有餘之才，鮮不爲其窘束。」（葉8a）便指出以老杜爲斷，古詩前後期詩韻用法之異，老杜之前以自然爲尚，老杜之後則漸著力氣。

等三首，（見《雪濤閣集》，卷二，葉 3a、7a、32a。）四句一轉韻；〈春
閨怨〉〈送張簿入覲〉等八首，（見前偈書，卷二，葉 1a、6b。）平
仄相錯用韻；其他尚有自由轉韻的，總計四十六首中轉韻者三十七，
此則近於初唐正格。〔註4〕但亦有一韻到底如宋詩聲律，〈江行感賦〉、
〈徐罔卿席上賦〉等九首便是，（見前揭書，卷二，葉 4a、4b。）所
佔比例約當十分之二，近於老杜初啓變格用韻的情況。

二、律　詩

（一）五　言

　　唐人五律，肇始於齊梁，至唐初，體製才發展完成，胡震亨《唐
音審體》指出：唐初詩壇，除陳子昂獨擅古詩，餘皆為齊梁格。（葉
2b）齊梁格的特色為何？沈德潛《說詩晬語》說：

> 梁陳隋間專尚琢句。庾肩吾云：「雁與雲俱陣，沙將蓬共驚。
> 殘虹收宿雨，缺岸上新流。水光懸蕩壁，山翠下添流。」
> 陰鏗云：「鶯隨入戶樹，花逐下山風。」江總云：「露洗山
> 扉月，雲開石路煙。」隋煬帝云：「鳥驚初移樹，魚寒欲隱
> 苔。」皆成名句。然比之小謝「天際識歸舟，雲中辨江樹」，
> 痕迹宛然矣。若淵明「采菊東籬下，悠然見南山」「平疇交
> 遠風，良苗亦懷新」，中有元化，自在流出，烏可以道里計？
> （卷上，葉 8a。）

沈氏所錄評的詩句，上起梁陳下至隋代，皆不出六朝文學範圍，實足
以兼賅齊梁風格。分析此段文字，大致有三個含意：一、皆為流連光
景的制作，二、所謂「專尚琢句」正指明六朝文學巧構形似的特色，
講究對仗工整及聲情的抑揚頓挫。三、以「情景交融、渾化澹遠」為
上乘，故庾肩吾等詩句「痕迹宛然」，遠遜於淵明「中有元化、自在

〔註4〕沈德潛《說詩晬語》卷上：「轉韻初無定式，或二語一轉，或四語一
　　　轉，或連轉幾韻，或一韻疊下幾語。」（葉 10a）又曰：「……一韻到
　　　底者，必須鏗金鏘石，一片宮商，稍混律句，便成弱調也。不轉韻
　　　者，李杜十之一、二，韓昌黎十之八九，後歐蘇諸公，皆以韓為宗。」
　　　（葉 11a）

流出」。

　　詩的體性可大概區分為兩類，一是優游不迫，一是沈著痛快（詳
嚴羽，《滄浪詩話》，葉 3b。）五律初為齊梁體，宜是以「優游不迫」
為正格，以抒寫物我融合的情趣為題材，盛唐詩家，李白飄逸、杜甫
沈鬱、孟浩然清雅、王維精緻、高適、岑參悲壯，雖然俱稱為大家，
若論正格與否，則當推宗王維、孟浩然二人，故姚鼐《今體詩鈔》序
目說：

　　　盛唐人詩固無體不妙，而尤以五言律為最，此體中又當以
　　　王孟為最。（葉 1b）

若是標舉杜甫，則是以宋人價值意識權衡而得。其詩歌氣格特顯，善
於敘事，和盛唐寫景抒情風格不同，開啟宋調新變的契機。（詳本節
之一）但杜甫五律作品中，兼有盛唐格調，亦有其自己鎔鑄的風貌，
尤長於排比聲律，獨創句法。

　　進之《雪濤閣集》中有五律一百八十四首，尚不及一卷，而七律
則有四百二十六首之多，可以看出在宋型文化思潮浸漬薰陶下，偏重
七言的創作意識，凡是後代對宋型詩體的評體，所謂「以文字為詩，
以才學為詩，以議論為詩」「宋詩主氣，故多逕露」，（劉大勤，《師友
傳續錄》，葉 3b。）「喜以現成語、虛字眼，鍊入詩用，致來後人生
硬、齷齪、夷風雅之議」，（薛雪《一瓢詩話》，葉 23a。）及學老杜
用「換字對句法」（即拗體）破棄聲律云云，（胡仔，《苕溪漁隱叢話》，
前集，卷四十七，錄自《筆記小說大觀》，新興書局（六十），第三十
五編一冊，頁 318。）在進之五律中，皆可一一舉證。

　　律體聲律謹嚴，講求平仄、黏對、押韻；〔註5〕平仄有固定的法
式，以能依式創作合符規定者為正格。一句之中平仄更相迭用，第二、
四字平仄固定，第一、三、五字不能任意改換，否則便為失調。盛唐

───────────

〔註 5〕詩中每聯出句的第二、四、六字與對句的第二、四、六字的平仄相
　　　反稱為「對」，否則便是「失對」，每聯出句的第二、四、六字與上
　　　聯對句第二、四、六字的平仄相同稱為「黏」，否則便是「失黏」。

以前，體製穩定，諸家所作多能謹守弗失，自從杜甫別創拗體，聲律更有抑揚頓挫之妙，但拗救自有一定的法則，雖是變格，仍然叶律，進之五律則頗多不諧，如：

（1）夜發姑蘇曉至婁東短述

胥江夜放艇，〔註6〕獨酌興婆娑。潮水觸舟去，崑山傍枕過。

貪睡瞋宵短，〔註7〕愛閒憎夢多；覺來還自笑，奔走鬢雙皤。（《雪濤閣集》，卷一，葉26a。）

（2）書懷（首聯）

解綬便安逸，由簪得隱淪。（見前揭書，卷二，葉29a。）

（3）圍峰（首聯）

昨日望夏口，今朝此水邊。（見前揭書，卷一，葉33a。）

（4）鄉信（第四首）

寄言鄉父老，努力事趨將，但遣播菑破，莫虞荊楚傷。

百年休息久，一旦轉輸當，祇恐揭竿起，田園入戰場。

（見前揭書，卷一，葉44b。）

例（1）頸聯出句爲黏句，〔註8〕其二、四字平仄，應與頷聯對句二、四兩字相黏，同爲「平、仄」，此例不「黏」反「對」；以下各句則順此依序黏對，上四句與下四句若爲兩首格律相同的絕句拼合而成。這種組合進之五律中出現三次。例（2）是仄起式，起句犯「孤平」，全句

〔註6〕詩句旁「。」「·」等爲原詩句所用字之平仄符號，「。」代表平聲「·」代表仄聲。

〔註7〕原詩句所用字平仄符號下所標之「（。）」「（·）」等爲該字正確的平仄，若註以「（。）」表示該字宜用平聲，原字用仄聲爲誤。註以「（·）」表示該字宜用仄聲，原字用平聲爲誤。

〔註8〕詩中每兩句視爲一聯，每一聯的首句爲出句，第二句爲對句。

定式為「仄仄平平仄」；依拗救法則：〔註9〕五言仄起出句為雙拗，〔註10〕第三字應為平聲，若用仄聲便是拗字，對句第三字要改為平聲救轉；此例用拗字而不知補救，句中只有一平聲字，這種現象，律詩最為禁忌，是詩家所謂「犯律」。例(3)亦為仄起式，出句定式為為「仄仄平平仄」，例句則是全仄，第三、四兩字拗為仄聲；此種情況當在對句第三字改作平聲救轉，並且出句五個仄聲字，應有入聲調配，音調才有抑揚頓挫；「昨日望夏口」句，「昨」「日」二字都是入聲，故全句雖拗為五仄，聲調卻頗協暢；但是對句並無救轉，出句與對句第二、四字平仄失對，是為「失調」。〔註11〕在古詩中則仍屬常格。例(4)頷聯出句為仄起式，第三字拗作仄聲，於是對句第三字改作平聲救轉，這是拗救正例；律詩體製最重聲律，平仄的正格、變調只是大略，細密處要講究四聲參互迭用，如董文煥《聲調四譜圖說》便指陳其詳：

> 唐律格調高處，在句中四聲遞用，朱竹垞氏謂：老杜律詩，單句句腳必上去入皆全。今考唐盛初諸家皆然，不獨少陵，且不獨句腳為然：即本句亦無三聲複用者，故能氣象雄闊，俯視一世，高下咸宜，令人讀之音節鏗鏘，有抑揚頓挫之妙。間有句末三聲偶不具者，而上去去入入上句，必相間乃為入式，否則犯上尾矣。（卷十一，五言律詩一，四聲遞用條，葉 9a。）

大抵律詩最要之法有二：一為每句中四聲皆備。一為第一、第三、第五、第七句之末一字，不可連用兩去聲或兩上聲，必上去入相間。律詩備此二法，讀來必聲調鏗鏘。例(4)中單句末字平仄為「上、去、

〔註 9〕此處所用拗救的法則，係依據黃永武先生《中國詩學——鑑賞篇・作品的詩鏡》從拗救上欣賞乙目所述。（頁 178～185。）

〔註10〕五言仄起式與七言平起式為雙拗，雙拗相對於單拗而言，單拗是出句平仄未依譜式規定就當句中易一字平仄補救，若雙拗則需在對句中謀求救轉，如此則出句、對句皆有拗字故稱「雙拗」。

〔註11〕律詩的作法有一定格律，若平仄與譜式規定及拗救變格皆不合者便為「失調」或「落調」。

上、上」，兩上聲連用，與第二法牴牾，未盡抑揚跌宕之變。

　　《雪濤閣集》五律一百八十四首，筆者統計，黏對不當、孤平、全仄句、三平落腳等落調的有三十餘首，拗體五十首，依譜式製作的約一百首。通考五律聲調，可見具有四點特色：

1. 援用古詩平仄聲調

全仄句，如：

　　獻歲忽四日（卷一〈舟中獨酌〉，葉 23a。）

　　昨日望夏口（卷一〈圍峰〉，葉 33a。）

孤平句，如：

　　養蜂割巖蜜（卷一〈襥韻〉之四，葉 42a。）

　　解綬便安逸（卷一〈書懷〉，葉 29a。）

三平落腳，如：

　　借火旋烹茶（卷一〈婁東寺即事〉，葉 26b。）

　　仰視天模糊（卷一〈丹陽早發〉，葉 26b。）

這些現象在律詩是犯律，古詩中卻普遍使用，可知進之五律亦援用古詩平仄法式。

2. 以初、盛唐格律譜式為正格

　　故五律一百八十四首，能遵守譜式無所拗變的有一百首，仍佔百分之五十五。

3. 以拗體為變調

　　拗體是就一聯或一句，選擇一、二關鍵字，改變音節聲響，使骨氣挺峻，以顯發詩眼所在，乍讀之下似覺聱牙，其實協律，自杜甫獨關蹊徑，引用古調為拗救，中唐以下此體漸盛。方回《瀛奎律髓》卷二十五拗字類中指出：

　　　老杜七言律一百五十九首，此體凡十九出，而五言律亦有
　　　拗者，止為語句要渾成，氣勢要頓挫，則換易一兩字平仄
　　　無害也。（葉 1a）

五律以和婉含蓄爲正格，使用拗字則骨氣峻峭，不適宜五律體製，所以杜甫七律拗體十九首，猶居百分之十二，五言中只是偶然一用；進之五律拗體五十首，佔百分之二十七，使用情況高於杜甫七律，可見已超越和宛含蓄的正格，轉爲盛於骨氣的變調。

4. 要不即法、不離法

進之五律雖多用拗體，若有意於此聲諧律，但於董文煥《聲調四譜圖說》所謂「出句末一字必上去入相間」的法則，頗有牴牾，約八十首之多，並且三十餘首有失調的情況，這與美感價值意識有關，顯示其對聲律的看法相當開放，已經打破傳統的牢寵。劉大勤《師友傳續錄》引王漁洋語，評論宏道一派詩律說：

> 毋論古律、正體、拗體，皆有天然音節，所謂天籟也。唐宋元明諸大家，無一字不諧，明何、李、邊、徐、王、李輩亦然，袁中郎之流，便不了了矣。（葉 3a）

考察進之五律作品，正不免破律壞度之譏，相對於拘泥詩律正格來說，這是「不即法」的表現；既已逾越平仄法式，宏道卻評謂「信手信腕，皆成律度」，（《袁中郎全集》，卷一〈雪濤閣集序〉，葉 6b。）皆成律度就是「不離法」，可見公安一派「律度之法」的意涵，在聲調之外另有指涉，它是信手信腕、自由創作的主導，即「詩本性情」之法；「不離法」的規範義在於詩歌創作要能抒寫性情、自具本色，性情所在不論平仄聲調。

聲律以外，另一個代表進之美感價值判斷的選擇是——使用虛字。虛字與實字相對，實字指事物名詞，唐詩偏重感性之情，往往聯綴物象，比類合義，以烘托意境；意象與意象間省脫連接詞，想像空間益形恢闊，意義錯綜交織更加繁富。名詞以外則屬虛字，多作形容、說明用，如此，詩歌以「暗示、呈現」爲創作手法的性格，遂爲「言說」所取代，一落言說，知性思考成份增加，意象內涵不復爲渾厚，不再是不可湊泊，卻如邏輯推理，清晰詳盡，此所謂「以文爲

詩」。〔註12〕

　　如律體八句，首聯與末聯為散句，頷聯與頸聯為對句，此兩聯應以對列並置，淵涵渟蓄為本色，若多用虛字，則氣勢疏暢，是以單行之氣，一脈運貫而成，就缺少蘊藉、含藏不露的情趣。進之五律中間兩聯頗多這種迹象，如：

　　　　書懷（頷聯、頸聯）
　　　　為償牛馬走，一見宰官身；笑面人前假，攢眉背後直。（卷一，葉29a。）

頷聯二句，開頭二字「為償」「一見」是虛詞，但作連接氣脈用，二句為因果句，出句是因，下句是果，對句是從出句推衍而來；頸聯又承頷聯加以舖敍，上聯自道所任官職，下聯直陳任宦之苦，若在兩聯中間加「所以」一詞連接，四句就一貫直下，與作文無異。此外如：

　　　　對面憐無語，顰眉覺有憂；不知緣我使，翻訝為誰愁。（卷一〈美人對鏡〉頷聯、頸聯，葉41a。）

　　　　桃花千萬片，飛滿岳陽城。（卷一〈岳陽樓〉頷聯，葉34b。）

　　　　縱然時夢見，不似舊遊頻。（卷一〈懷旭長老〉頷聯，葉43b。）

　　　　母志轉憐父，兒心那解予？已辜偕老願，強活半生餘。（卷一〈沈母節壽詩〉之四、頷聯、頸聯，葉46a。）

凡此皆可堪驗證。

　　運用實字固能凝鍊語句，若不能慎選題材，濫拾俚俳卑俗之語入詩，雖用實字，仍無益於詩趣醞釀。進之五律亦有用實字處，如：

　　　　餓鼠窺燈出，啼蛙傍枕喧。（卷一〈句曲投宿〉頷聯，葉27a。）

　　　　菜魚長似指，貓笋闊如梭。（〈舟中飯〉頷聯，葉32b。）

〔註12〕謝榛《四溟詩話》曰：「中唐詩虛字愈多，凡多用虛字便是『講』，平白如講，則為宋調之根。」，（卷四，葉15a。）平白如講即是以文章之道平直說出，此非作詩之法，而是「以文為詩」。

談經牙齒健，理櫛髩毛稠；俸薄虀鹽適，材長著作優。(〈周邑博〉頷聯、頸聯，葉 33b。)

徙床留蟻壘，塗壁護蜂窠。(〈禚韻〉之二、頷聯，葉 41a。)

各聯出句、對句都能舉二至三件事物並列，造設意象也保持相當獨立性，並不全然單順氣脈直貫而下，但是，唐人用實字，句健語勁，意味無窮，讀《雪濤閣集》五律，則覺文卑意俗、情鄙氣餒，原因何在？刻意援引卑俗事物入詩。宏道在〈雪濤閣集序〉也指陳此弊：

進之……詩窮新極變，物無遁情；然中或有一、二語近俚、近俳，何也？余曰：此進之矯枉作，以爲不如是，不足矯浮泛之敝，而闊時人之目故也。(卷一，《袁中郎全集》，葉 6b。)

詩語近俚、近俳就是援引卑俗事物入詩的後遺症，若內無心源，徒用此法而侈言「矯枉」「窮新極變」，終究流於纖碎奇巧、造作、卑俗而已。

(二) 七　言

七言律詩肇端於初唐，到開元天寶之際，作者日出，論者多以李東川、王右丞爲正宗，〔註 13〕以杜甫獨賅正變，遠啓元和宋調。正宗變調的區別，從風格來看，前者是興象高遠，氣體渾厚，後者則研練精切、開闔變化；興象則多寫景言情，研練則務援引典故。但是盛唐七律，仍以老杜一人爲獨步，〔註 14〕同時詩家所作數量既少，又或對偶不工整，平仄不相黏綴，尚未能以此專擅，但影響所及，遂蔚爲宋人一代之學。〔註 15〕

〔註 13〕清郎廷槐編《師友詩傳錄》，葉 6a；宋犖《漫堂說詩》，葉 3b；翁方綱《石洲詩話》卷一，葉 9a，皆同主是說。

〔註 14〕此就風格說是能極歷代體製之變，鎔裁以爲己有，從創作數量言，杜甫七律一百五十首亦爲盛唐詩家之冠，唯若依比例而言，則李東川七律七首、五律十六首，七律佔五律的百分之四十四，高於杜甫百分之二十五的比例。

〔註 15〕龔鵬程先生〈唐宋詩體製之變遷〉謂：「大曆貞元以後，七古作者日多，盛唐之王維、李頎、高適，七古皆只二三十首，中唐之韓白張

　　考察進之律詩創作情況，五言一百八十四首，七言四百二十六首，超出一點三一倍；又五言落調三十七首，拗體五十首；七言落調僅有七首，拗體二十六首；可見他的專長在七言不在五言，非但數量較多，且少出律。個中原因在於宋詩以下制作，偏重氣格，七言字句加長，使用虛字類似文句，推衍舖陳近於文體，雖然仍講究聲律譜式、對仗工整，較諸字句短仄的五律，更適合馳騁才氣，舖敘發揮。

　　進之《雪濤閣集》七律的特色，大抵和五律相同，都注重氣格，使用典故、虛字、拗體，援引方言俗語入詩等（詳本節二之一），但七律表現更爲顯明、積極，如語助詞的使用，詩的語言益形解放，平直如同說話：

> 征徭久矣殘機杼，〔註16〕防守猶然議甲兵。（卷三〈歷姑蘇諸邑〉，葉 19a。）

> 酒酣欲擬清平調，倚馬慙無白也才。（卷三〈徐少卿園賞牡丹〉，葉 29a。）

> 興比馬融同灑灑，說經但問婢能麼。（卷三〈李本健博士〉，葉 44a。）

> 山有畢兮溪有昬，誰云此去便悠然。（卷三〈一雀自籠入水〉，葉 48a。）

使用矣、也、麼、兮等語助詞，詩中憑添幾分迤邐之慨，這是唐陳子昂、陸九齡等人以古詩語法入律的方式，並且爲宋人出奇制勝的策略，進之使用此法，詩句中文理可見。

籍李賀王建等，動輒六七十首，且品質亦漸勝於其自作之五古。宋人七古，皆法韓社，蘇黃尤高，而其聲勢亦在五古之上」又曰：「杜甫爲盛唐七律第一作家，其百五十首七律中，寫於安史亂前者，僅只五首，寫於上元大曆入川以前者，亦不超過二十三首，足見七律之盛實在大曆以後。」（見《江西詩社宗派研究》，文史哲出版社，1983，頁 163、167。）並統計元和詩學五七律之創作狀況，皆足資證明七言律詩爲宋詩所擅。

〔註16〕此處以下詩文字旁標註「。」者，皆爲論述重點字的強調，無關字音的平仄。

詩中著文理，就是「以議論爲詩」「以文爲詩」，這種現象就進之創作手法而言，可分四點說明：一、明喻，二、用事，三、樸直白道，四、因果舖陳。

1. 明　喻

唐代近體律絕，都以體物詠志爲創作基調，運用比興與賦的表現方式，聯結物色，將意象藉著文字譬況，傳達給讀者，設法引發讀者共鳴；比興的分位，不只是語言修辭的形式技巧，更爲訴諸情性搖盪的美學典範，它的內容意義在詮釋情景交融的辨證關係，情與景必須相對話，情藉景而顯，景因情而生機盎然，其間交流越頻繁，呈現的意象也愈精切；超越於情景之上考量，有眞性情而後有眞體會，唯有源自情思的比興，能掘發深沈、靈逸的情思，也唯有懇切的情思，方能使比興的意涵含蓄、蘊藉，所以比興詮釋詩境，是「呈現」的方式，讀者共鳴則爲「心領神會」，超越認知、推理的作用。

進之七律常採古詩直陳之法，使用明喻，如：

(1) 楊柳黃如鵝子色，山茶紅似女兒唇。（卷三〈春日乍晴〉，葉 50a。）

(2) 瘦杯樣巧如螺殼，虯蚨涎長似兔絲。（卷三〈顧朗哉宅同傅水部、王秘書、袁國博夜集〉，葉 50b。）

(3) 天氣喧和如首夏，月光皎潔似中秋。（卷四〈九月孟魯難召飲金昌舟中〉，葉 2a。）

(4) 按節管絃如鳥語，踏青兒女似蜂房。（卷四〈都門早春〉之四，葉 61a。）

上舉四聯爲明喻的基本句式，以如、似爲喻詞，作爲喻體與喻依的中介，分析喻體、喻依的關係，四聯又可分爲二類，一爲情思的聯結，如第一、四例。如例(1)喻依爲「楊柳黃」「山茶紅」，都是黃日晴景，春景明朗活潑，洋溢著蓬勃生機，初生鵝子，青春女孩是生命開端，鵝子嫩黃的絨毛，女孩健康的紅唇，更是生命力的展現，這類喻體不但具象的說明楊柳、山茶的色澤，亦且指點出大地盎然的生意，喻體

的選取，有詩人主觀情思的運作。二為認知的類比，如例(2)、(3)便是。就例(2)而言，瘦杯與螺殼，虻蚹垂涎與兔絲，類比的依據，前者以樣「巧」，後者以「狀如細絲」，只是單純物理性質的比擬，屬於認知作用，無與於情思興發。但不論為第一類或第二類，以明喻方式作詩，知性思考的成份自然加深。

2. 用 事

盛唐詩歌是直覺氣象的呈現，毋須假借學問，妄著力氣；用事即為假借學問，有所假借就別具一番知性沈潛澄汰的思考。如：

> 陳進士召集徐園青山一別學彈冠，才拙方知涉世難。
> 酒社喜逐嵇阮約，名園況比閬壺看。月來水榭光偏好，露
> 下梧桐滴較寒。勝會良朋應不偶，深杯莫惜飲更闌。（卷三，
> 葉 14b。）

藉頷聯二句點明徐園宴集之樂，一為性情所嚮，二因徐園之美，兩句皆用事，透過嵇阮歷史典型的再現，說明千古以下名士風流遙契的情懷，藉用「閬壺」別有天地非人間的逍遙之境，託寓足以遁世逃俗、縱酒高論的徐園。這種價值判斷取向，是詩人考量自身情境，返諸歷史文化中所作的價值選擇；表現過程經由知性反省，價值判斷、文字運作，重重深思冥索，形諸詩歌，近似引喻，類比等形容性的說明，是概念，不是意象。進之七律四百二十六首，有一半以上用事，議論之風時時可見。

3. 樸直白道

樸直與用事相對，用事多沈潛多斧鑿；樸直則率情而出，不假雕琢，所以白描平淡，不著色象；白道是指舖敘的方式，層層推衍，類同口語。進之《雪濤閣集》七律雖半為用典，亦別有此體，如：

> 騎馬口占
> 絲韁錦綢玉青驄，上背驚看快似龍。鞭短呼為三寸鐵，
> 鈴多號作一窠蜂；騰驤頓起啼端霧，馳驟還生耳后風；自
> 笑喜心因見獵，橫行思破黑山戎。（卷四，葉 26b。）

謾興

寂寞閒曹性自甘，興慵一似老來蠶。健脾慣服雞頭肉，辟穢
遙思佛手柑；自入宦途羞用巧，但評時事每粧憨，醉中手
輒詼諧語，欲學王君（按：王行父）著耳談。（卷四，葉 36b。）

兩詩共同特色是平直道出如語體，如「上背驚看快似龍」、「興慵一似
老來蠶」句，上句直言青驄馬速度之快，下句逕寫慵懶之情，皆爲敘
述性口語。〈謾興〉更引時物「雞頭肉」「佛手柑」入詩，健脾、辟穢
等日常俗事亦爲詩料。其他作品，援用俗語方言的情況，如同用事之
繁，爲進之律詩的又一特色。

4. 舖陳推衍

舖陳推衍是文章析事論理的架構方法，爲詩歌最大的禁忌，進之
五律已見此體，（詳本節二之一）《雪濤閣集》七律中這種現象更爲普
遍，如：

聞報改官（頷聯、頸聯）
六年苦海長洲令，五日浮漚吏部郎：
爲蚓爲龍誰小大，乍夷乍蹠任蒼黃。（卷四，葉 1a。）

張、笪二孝廉句曲攜尊見觴（頷聯、頸聯）
卻笑潘郎頭半白，那當阮郎眼雙青：
瓊漿攜自三茅觀，珍果來從兩洞庭。（卷四，葉 7b。）

百谷譽兒禹疏答謝（頷聯、頸聯）
兒是景升憐似犬，種非龍伯愧猶魚：
登門未執通家禮，下榻先勞杞上書。（卷四，葉 14b。）

初度（頷聯、頸聯）
客中幾度逢生日，鏡裏何時再少年，
相馬謾勞重問齒，屬牛只合早歸田。（卷四，葉 68a。）

箭頭所標處，皆見前後舖陳之述，上下句的關係，非爲意象並列，各
自獨立，而是後句自前一句流出，意義一脈直下，其間賴於知性的運
作，多於感性的蘊藉迴盪。若此，輒流於敘事說理，言語太切，意義

太盡；詩歌暗示的作用，容許創造性詮釋的特色，為任氣議論所取代；讀者披文入情，但為詩人元氣所主導，內向性的自我沈潛極微，作品言外之意既寡，作者的分位，只能扮演相對於作品的客體存在。

三、絕　句

　　絕句緣自古樂府，形成原因一如律體，承六朝唯美文學思潮，齊梁聲律說的激盪，與民歌小詩的影響，至唐初，體製遂定；大抵五言居先，七言在後。開元天寶以前，詩家多為五絕，表達剎那的美感情趣，如王（維）、孟（浩然）等閑澹作品；王昌齡、王之渙雖為盛唐七絕雙璧，但是創作量極少。明、吳訥《文章辨體序說》絕句條，（華文書局，？，頁 57。）引楊伯謙語謂「五言絕句，盛唐初變六朝子夜體」「七言，唐初尚少，中唐漸盛」，六朝子夜體可從兩方面理解，就題材來說，是侷限在男女情思的歌詠；從聲調分析，即如齊梁小詩，不拘平仄，不用黏對；這是初唐「拗絕」的梗概，〔註17〕至盛唐黏對既定，遂以古絕、律絕為正格，拗絕但偶然一作，故言「初變六朝子夜體」。五絕以抒寫情景為主，要字外含遠神；七絕多敘事寫意，貴能氣宕句外；主情、尚意旨趣既殊，唐宋意識型態不同，所尚自異，是以，七絕至中唐始盛，始如律體七言之於五言。

　　五七言絕句，進之《雪濤閣集》兼而有之，創作質量則差距頗大。五言十五首，律絕、古絕各三首，拗絕則有九首之多；七言二百三十二首，律絕二百二十八，古絕、拗絕各二首。從數量、聲調來看，都

〔註17〕此處對絕句的分類，係採用清董文煥之說，其《聲調四譜》云：「五絕之法雖仿自齊梁，但黏對尚未有定。唐人此體乃有『律絕』、『古絕』、『拗絕』之判。律絕者即世所傳平起仄起四句是也。單用則為絕句，雙用則為律詩。其用韻則平多仄少，與律詩大致相同。古絕者五言古平仄韻各四句是也。其用韻則平聲固多，仄聲則傳以此體為正，與古詩亦同。律、古二格雖殊，而黏對之法則一，此唐人絕句之正式也。拗絕者即齊、梁諸詩之式，律古各句可以間用，且不用黏對，與律、古二體迥別，與拗律亦異。此格最古，盛唐人間有用者。」（卷末，葉 3a。）

顯示進之所擅為七言，此正與中唐以降詩人相同。

　　絕句的本質在於表現剎那的美感情趣，貴能清新警絕，所以體製短小，非但為客觀的形式架構，並且為主觀的意義架構。〔註18〕進之絕句，形式上是為四句的「小詩」，〔註19〕卻常以詩組的型態出現，簡列其體式型態統計如左：

數量 體式 詩句	單　首	詩　　組		總首數
		題	首　數	
五　言	5	2	10	15
七　言	87	42	145	232

　　五絕詩組兩組，合計十首，七絕詩組四十二，共一百四十五首，都超過以單首型態出現之數；每一詩組少則二首，多則九首，雖無王建〈宮詞〉百首之長，但與宋人「以文為詩」正同一價值意識。

　　進之絕句，固然有五言、七言的區別，創作手法則為一致，且與律詩不異，本節之貳中已詳為引述，此處不再贅論。

第二節　創作實踐與詩學理論的比驗

一、求　真

　　「真」是進之詩學的基本訴求，「求真」相對於擬古的「全無人氣」，（《雪濤小書・詩評三・擬古》，葉 4a。）就在凸顯「我的精神」。詩歌創作，不論其品高格卑、工拙優劣，「有我」為必要條件，能如此方為「真詩」；否則便是「假」，即使再工巧精緻，終究無與於主體

〔註18〕此言「主觀」以其係出自人價值意識的選擇而言，因為絕句的文類規範雖是既存的客觀事實，但卻經歷許多詩人主觀的創造、選擇，方才固定成體。

〔註19〕此處「小詩」但取其「簡短」之意，非齊梁間特定意義的小詩。

元神，故其論詩主張，皆以指引通往真詩之境爲歸趨。

形諸創作，此一訴求亦頗明顯。從聲律來看，進之論詩，亦重視平仄譜式，《雪濤小書・詩評三》閨秀詩評錄評楊用脩妻〈寄外〉詩，謂「韻腳重一陽字，調亦失拈」，（葉 46b）即指明其聲調、用韻上的錯誤；但白作詩則頗多不諧，尤其是五言詩，失調情況更爲多見，若合於平仄格律，也多使用拗體變格；拗體的使用，亦非純屬聲律課題，只在平仄上求抑揚頓挫，事實上有其創作需要，故其於董文煥《聲調四譜》出句末字平上不可連用之說，頗多觸忌，其主要原因即在酣暢淋漓的表達所思所感。

就取材而言，傳統詩作，以雅正爲藝術形相，故抒寫性情，強調「發乎情，止乎禮義」。進之論詩亦以此爲高格，其《雪濤閣集・姑蘇鄭姬詩引》即指出：秉於性情之正，如「鳳凰和鳴，中于律呂，是謂稀世之音」，（卷八，葉 53a。）但在「求真」的大前提下，此一高格並未受到應有的重視，反而強調「必盡目前所見之物與事，皆能收入篇章」，（《雪濤小書・詩評三・用今》，葉 2b。）其作品中充分反映這種主張，非但取材層面極爲廣闊，並且有極卑極俗者，如：

抱痾即事
絲管壼觴一槩疏，客窗枯坐只團蒲。禁方刪比毛詩少，丸藥和如菽豆籠。馬病喜逢寬轡馭，鶴癯難得長肌膚；曉來自拭青銅看，雪色重增四五鬚。（卷四，葉 8a。）

醉睡
百回浮白頓忘酣，馬上歸來漏已三。酒透身如糟浸蟹，被蒙人似繭包蠶；齁聲欲駴鄰翁睡，唫語猶驚座客談；真是醉鄉堪翫世，兵尉莫怪阮公貪。（卷四，葉 39b。）

靈濟宮怪響
玄房偃臥夜三更，燭盡香銷夢未成。狐自性淫呈魍魎，鼠因年老現妖精；空中跳踯如人鬪，月裏吟哦學女聲；莫道鬚僧能受魔，維摩近已證無生。（卷四，葉 53a。）

這類題材，或描寫病中用藥、偷閒的情形，或敘說酣醉後，齁聲雷鳴、
囈語錯雜的醜態以爲趣，或繪述夜半古廟怪響，取材鄙俚，並且所用
詩料如：禁方、丸藥、菉豆、糟浸蟹、繭包蠶、齁聲、囈語、性淫、
鼠、妖精等，皆歷代詩家所忌。清郎廷槐《師友詩傳錄》引張篤慶（歷
友）語，指斥此種現象，便說：

> 詩，雅道也，擇其言尤雅者爲之可耳。而一切涉纖、涉巧、
> 涉淺、涉俚、涉佻、涉詭、涉淫、涉靡者，戒之如避酖毒
> 可也。（葉 10b）

張氏避如酖毒者，進之則援引入詩，且其詩作中頗爲普遍，宏道
辯稱是「矯枉之作」，（《袁中郎全集》，卷一〈雪濤閣集序〉，葉 6b。）
正可爲其刻意於凸顯「我的精神」作註。

就創作質量而言，進之所擅在七言，五言僅爲陪襯，此雖是衍宋
緒餘，但其異代同趨的本質因素爲何？是文化思想型態相近所致。
〔註20〕宋以降，社會變遷急劇，思想文化調和雅俗，呈現繁複多樣的
文化現象；詩人受時代環境薰習，無論生活樣貌或意識型態，其龐雜
性已非歷代詩人所可比擬。進之身居晚明，處於名士風流、癡狂矯情
的風氣中，盛唐詩作典範，已無法充分抒發情意；如五言詩爲唐調主
流，但進之以文章之道作詩，即嫌其句式短仄，易生窒礙，是以常有
「失調」；七言句式加長，供其自由揮灑，較能得心應手，故數量雖
多，平仄卻少有不諧，議論更爲酣暢，推究原因，在於七言更易表達
情意。

綜上可知，進之作品的基調，與詩學理論的根本訴求一致，以「求
眞」爲首要目標，在這個大前提下，詩歌創作雖爲變調，亦得視同當
行；是以論詩倡言唐調正格，實則取擷宋詩變調

〔註20〕明文化的思想型態雖然衍宋緒餘，但並非單純的延伸或擴大，在傳
承發展中，變數的存在是不可否認的事實，所謂「思想型態相近」，
係就其庸俗化與多元化的樣貌而言，其內涵的深淺、雅俗，則非本
文論列範圍。

二、感性與知性的兩極化與一致性

進之倡言「詩本性情」，性情所顯，可以是感性的，也可以是知性的；且其以材性爲主體，感性與知性二者的發用，易呈現尖銳的兩極化性格。何謂兩極化？以其各自顯現作用的極端性而言，並不指涉兩者具有互斥性。創作活動中，感性主體的發用，可以性其情，亦可情其性，情其性爲劣義，其極端化便爲鄙吝之情。知性主體的經營，可以修飾強烈的激情，調和雅俗，主導媒材運作，其極端化則淪爲文字的作意好奇。

抒寫鄙吝之情的作品，進之《雪濤閣集》頗多：

（1）溧水雨
　　殘裘困行役，歲宴江之眉，卜雨愁山黑，問程虞路岐；
　　馬羸逢坎坷，僕病學兒啼；跋踄艱如此，歸休莫更疑。
　　（卷一，葉30a。）

（2）漫興（之二）
　　僵臥三竿日，誰來說起遲；睡魔憐我懶，點鬼笑人癡。
　　洗面貓知客，垂頭鶴禮師。隔窻看小鳥，時一弄花枝。
　　（卷一，葉42b。）

（3）懶
　　卸帶腰相賀，加冠首欲逃；垢常停洗沐，癢亦忍爬搔；
　　坐久嫌溲急，睡來愁夢勞，自知成懶癖，中散正吾曹。
　　（卷一，葉43a。）

(1)中溧水在今江蘇江寧縣南，〈溧水雨〉約寫於作者任長洲邑宰時，萬曆十年壬午（1582）以後，神宗漸怠視朝，閹宦弄權，苛捐雜稅，賦役繁重，江南百姓多有變革之舉，長洲亦然。加以邑民健訟，送迎頻仍，進之常有頹喪之言；如此首因行役而嘆苦言愁，幾爲這類作品的基調；所呈現的作者，是一個枯澀的生命，缺乏擔當，但爲尸位素餐的升斗小吏。(2)、(3)皆寫懶散情懷，每所取境，無一不切進人性最幽暗處；鄙吝卑俗的懶態，生動而深刻的浮躍於言詞之中，苟非深識個中滋味，殊不易爲言。依進之所論，此爲眞性情，「眞」字宜解

作「原始」，是出自感官直覺的單位反應，毋須反覆沈潛，不言理慾交戰，亦無人禽之辨，極率直極真切，卻空洞而無一物。

文字的作意好奇，可分二事說明：一爲語言之奇，指揖選事物卑俗俚排，以標新異。詳本章第一節所述，此不贅敘。二爲表現技巧之奇，依進之作品分析，此大略亦涵二事，即刻劃形似與語言撥弄。就《雪濤閣集》舉例說明如后：

（一）刻劃形似

（1）小漆園即事

小園官署裡，物色頗相宜。學舞憐銅嘴，能言愛畫眉；
笋于行處短，花以摘來稀。就此堪棲隱，但容曼倩知。
（卷一，葉 38a。）

（2）署中觀圃

陡圃收野趣，移步散苔蹤。菜甲穿畦怒，薑牙觸土鬆；
遠籬蒐菊虎，編竹引瓜龍。汲井丈人事，官閒抱甕從。
（卷一，葉 46b。）

（1）首，漆園據傳爲莊子爲官處，園以此命名，正見主人精神祈向，欲放曠逍遙如莊子，吏隱於此。全首藉刻劃園中物色之趣，以烘托吏隱的閒適之情。頷聯寫景，銅嘴順風移動，畫眉鳴囀清脆，一喻爲學舞，一比之能言，正欲藉顯詩人自得之趣；但取景雖眞而偏於纖碎，題旨「閒適」的特色不顯。如此寫景，景色外在爲客觀對象，缺乏內在情感的潤澤，景象雖極眞、極似，終究無關於閒情；但如舞臺布景畫，抬頭舉目，心理活動，自然呈現認知作用，人隔著距離，可以便視之爲某物，但這種認同是暫時性的、知性的，離開那個刹那的情境，一切假象，都要宣告消逝，若此，景物雖然新異，卻無法牽動人心至幽微又至普遍的眞情。頸聯意欲藉景以寫閒踱之樂，刻劃形似，一如頷聯，遂同蹈其覆轍；短笋、稀花是客觀的景，點明笋短、花稀的原因，是「在行處」，作者欲藉景象寫吏隱的悠閒，常流連於漆園物色中，拔笋、摘花恣情率意，這境頭意象太淺露，不耐咀嚼，難脫刻劃

形似之嫌。兩句景象皆旁觀所得，從其「拔筍、摘花」的美感情趣，透顯出一個事實：人心與自然是缺乏溝通的；此種美感情趣，只是感官直覺的快感，缺乏情景交融的多元互動，若此，何能自得於與造化者遊的逍遙之境？(2)首署中觀圃，仍寫吏隱的閒適，不脫刻劃形似、情境卑俗的風格，且用字更見斧鑿痕，如「菜甲穿畦怒，薑牙觸上鬆」句，原在寫生機蓬勃的野趣，但用力著上穿、怒、觸、鬆等字，蓬勃中復有頑強，既與閒澹異趣，又覺取境卑俗，然而不可否認，卻是一記強烈的感覺振撼，進之作品常為加強視聽效果，刻意斟字酌句，即使因此而失調，亦所不惜。

（二）語言撥弄

進之詩作，思想常相抵牾，有以道家之徒自居者，如〈高唐道中夜行〉言「林壑恣所適，一笑甘偃蹇」，（卷一，葉 1a。）〈晚出姑蘇門〉也說「嗟予丘壑骨，麋鹿與俱得」，（卷一，葉 2b。）〈袁小修過吳門〉亦稱「我亦疏狂湖海士，逢君便欲訪煙霞」，（卷三，葉 17b。）然而贈答則常以功名勉人，如〈送館甥上官叔度還楚〉說「昂霄丈夫事，努力期建樹」，（卷一，葉 5b。）〈郭劍泉少卿〉中，慰郭氏謫官罷歸說「祇恐飛熊能入夢，閭闔城下有蒲輪」，（卷三，葉 15b。）劉子威歸隱吳門，〈劉侍御子威〉中便告以「巖廊雅意恣黃髮，徵詔還應出鳳樓」；（卷三，葉 16a。）並且〈感懷〉亦為當道不能知人善任，深致不滿：「無鹽是何人？覥顏在君闈；命薄只自憐，勿恨蹇修拙」，（卷一，葉 3a。）儒者經世濟民之志，又昭然若揭；只是以不遇歸諸「命薄」，則又流於宿命論，其思想之駁雜，可見一斑。而諸家紛然雜陳，進之絲毫不以為扞格的原因，係以僅用於談說，用於曲護，無與於生命實踐，所知愈富，所資於言辭的材料，愈覺洸洋自恣，取用不竭，有何牴牾可言？

綜上可知，感性與知性呈現兩極化現象，在進之作品中，可以兼容並蓄。傳統詩歌實際創作過程，感性與知性的分際，非常詭譎，大抵以感性為主體，創生美感心象；知性活動，僅限於對美感心象的修

飾，使其具象化、個性化，以加強情境暗示的效果。但是知性活動本身，有其潛存的危機，過度活躍，暗示轉趨明朗，詩歌曖昧的本質，會遭致破壞；是以感性與知性二者的融合，及其分寸的拿捏，嚮為詩歌創作必須不斷超越突破的課題，然而，進之作品此種尖銳兩極化現象，是如何匯通而統攝為一體呢？運作於其間的美感意識究竟為何？

這個問題乃要歸結於詩學核心──求真來談，「真」就創作主體而言，就是活潑的元神。元神為一識心，虛靈善變，具有記憶、分析、判斷、整合等認知能力，夾纏著紛亂難解的情識、欲望、意念造作，缺乏道心的貞定，創作當下一機之間，但就龐雜的舊經驗中，隨意取資表露，雖然無涉於生命真切的體悟，其為創作主體所自出，則是無庸置疑，故其《雪濤小書・詩評三》中，批評擬古之全無人氣，便說：

> ……然則作詩者不能自出機軸，而徒跼蹐千古之題目名色
> 中，以為復古，真處褌之虱也。(《擬古》，葉 4a。)

擬古者供著盛唐以前題目、名色，為創作設限，不敢稍有逾越；於是為法所縛，委屈情性、遷就格調，詩歌創作易之以填詞之道，既無情性，名色又承古人之舊，毫無個人本色，故說「不能自出機軸」。相反的，「真」則元神活潑，不論呈顯為感性、抑為知性，皆本元神而發；若為感性，雖屬作者之情性，亦有意取偏；若為知性，則多為作者主動預設下的創作；其媒材運作，皆有「我」居間主導，此即謂「自出機軸」。在此原則籠罩下，創作活動中感性與知性分位的拿捏，便不自覺的滑失，故進之作品即使呈現兩極化的現象，在其詩學系統中，仍統攝於元神，具有一致的性格。

三、從「詩之中」到「詩之外」的層級

創作能出機軸，即是「真」，「真」便有「趣」，趣與詩的關係如何？進之在《雪濤閣集・陸符卿詩集引》中指出：

> ……蓋詩有調有趣，調在詩之中，有目者所共見，若夫趣則

　　既在詩之中，又在詩之外，非深于詩者不能辨……（卷八，
　　葉23a。）

「調」係就詩歌體製而言，包括格律、聲調、語言用字等，可從形式
結構中觀察而得，故謂「在詩之中」。「趣」既爲一種美感品味，就不
能僅「在詩之中」，但又不得不藉詩作中介，以揣摩探求，故是「既
在詩之中，又在詩之外」。

　　進之見存詩論中，[註21]趣約有三個指涉，（詳第四章第三節之
一）若以「詩之中」到「詩之外」爲據，衡量趣之深淺高低，則依序
是：一、比喻格的運用，二、機智的展現，三、迷離惝怳的藝術境界。
繪爲座標，可得圖如后：

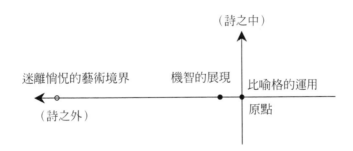

　　第一類比喻格的運用，只是修辭技巧的命題，嚴格說來，無關乎
意餘言外的詩境，故列於原點，以示在「詩之中」。第二類機智的展
現，類近詩三義的「比」，雖亦屬比喻格的運用，尚能觸及刹那的美
感情趣，唯意義淺近，溢於詩之外者鮮少，故其定位僅略高於原點。
第三類爲興趣的最高格，雖須藉詩以顯，卻必求諸詩之外，以其迷離
惝怳、無迹可求，故居於縱軸最高位，而標以小圈。

　　審視其作品，第一類的運用最爲普遍。（詳本章第一節）第二類
機智的展現，多出現於詠史，如：

　　秦始皇
　　今古誰人不過秦，長城難入過中論，十年立就千年計，箇

―――――――――――――――――

〔註21〕進之見存詩論係指《雪濤閣集》與《雪濤小書》有關論詩的篇章。

是開天惡聖人。(《雪濤閣集》，卷五，葉 1a。)

卓文君

才子佳人湊作雙，都緣一曲鳳求凰，相如不嫁誰堪嫁，始
信文君眼力強。(見前揭書，卷五，葉 3a。)

作者對於設定的歷史材料，具有清楚的認識。秦始皇之暴虐無道，卓
文君之奔於相如，皆為客觀知識；卻偏就長城的防禦功能，斷始皇為
「開天惡聖人」，有「無理而妙」之趣；從才子佳人乃天賜良緣的觀
點，擺脫傳統禮教的約束，贊美文君「眼力強」，透顯出許文人的癡
狂；雖然只表達剎那的機智，缺乏含蓄無垠之妙，卻頗有諧趣，殊堪
解頤。至於第三類意境的最高格，則只是進之詩學的理想，索諸作品
則一無所得。

　　除上述三類外，進之作品又別有一類情趣，此等作品在其詩論
中，因皆錄評雅正之製，為高格之趣，故歸於第三類；然自作詩，則
有專注於描寫卑情之作，如本節之貳中所述，感性妄情之作，雖然極
真、極切，奈何無當於詩的藝術形相。這類作品論其層級，亦僅在第
二類。其他抒情寫景之作，雖不流於低格卑趣，但以不脫刻劃形似風，
殆多類同比喻格的運用，意盡於詩中。

　　清汪師韓《詩學纂聞》論宋元以後詩，便說：

宋元後詩人有四美焉，曰博、曰新、曰切、曰巧。既美矣，
失亦隨之；學雖博，氣不清也；不清，則無音節。文雖新，
詞不雅也；不雅，則無氣象。且也，切而無味，則象外之境
窮；巧而無情，則言中之意盡。(葉 1a。)

此四美亦進之詩學之旨，且復倡言「窮工極變」，以奇為新，以卑情
為趣，停滯在比喻格的運用，苦心孤詣於刻劃雕琢，故作品多「切而
無味」、「巧而無情」，終究不免「言盡意盡」「象外境窮」之譏。是以
進之雖標舉興趣高格，就其創作手法觀之，實在是鮮於自得，但掊拾
成說、撥弄光影而已。

第六章　進之詩學的考察

　　進之有關文學見解的篇章，概有二類：一為書序，[註1]多收入
《雪濤閣集》，二為詩評，收入於《雪濤小書》；前者為同氣相求之作，
立論較為謹嚴，可以直窺進之詩學之旨。後者近似詩話，其自序中謂
為「佐酒之資，醒睡之具」，（葉 1a）為消遣閒談作品；遽然觀之，
凌亂瑣碎，類同雜俎，理論性薄弱，更乏系統可言；仔細推敲，在標
舉雋語，泛述見聞之際，事實上蘊含著自己的價值意識與判斷。合二
者觀之，進之詩學規範性意義，稍稍可窺；但以時代變異，個人意識
型態有別，語言指涉具有歧義性與權暫性，是以必須在名言上加以檢
別，如：進之援以品論的語言，其真實意涵為何？與歷代持說有否不
同？凡此皆有待一一釐清，以免落於語言蔽障，於是復取其創作實踐
比勘，冀能治絲理棼，求其條貫，以彰顯進之詩學的義蘊。前文各章
已屢屢申述，本章再綜攝勾勒，用作結論。

〔註 1〕進之此類討論詩文的篇章，筆者所見者十七篇，其中除〈論文〉載
　　　　於《湖南、桃源縣志》，（卷十三，成文出版社，1970 年，頁 440。）
　　　　其餘十六篇皆收於《雪濤閣集》，此十六篇中除〈祭屠孺人〉及〈與
　　　　屠赤水〉二篇外，（卷十一，葉 12a；卷十二，葉 48a。）其餘或為
　　　　序，或為引，皆屬書序一類。

第一節　新變史觀及其定位

一、新變觀的意義

　　文學思想的形成，是論者檢視當代創作成果，所提出的改革因應之道，面臨文學典範的探討，進之所論，皆與擬古有別，這些論點都統攝於一個共同的文學演化史觀——新變，持新變說的創作觀，在傳統與當代之間，主張採取以新求變的策略。

　　進之的新變觀，就文學發展而言，有其歷史的機緣，當時主張擬古的李夢陽、何景明、李樊龍、王士貞等，先後繼起，宰制文壇，長達百年之久；他們推崇高格典範，認爲盛唐詩作是詩歌創作的不二法門，與最高歸趨。在有限的格局下，作者創造力固然受到相當壓抑，復以時代變遷，社會文化、意識型態皆與前代迥異，欲以後代複雜的情識意念，遷就盛唐機格，非但精神扞格不合，語言亦有窒礙難行處，當時在文學庸俗化走向下，基層文人尚簡易直率，往往選取有限範本，尺尺寸寸，守其氣象，刻意模擬，如同臨摹古帖，務求維妙維肖，不講究語言意涵，無視於情性表達，取華聲壯詞，生吞活剝以爲「復古」。

　　面對這樣的「復古」，進之提出「法古」的主張，法古與復古，基本上都肯定古作的價值，復古是要返於古，法古則只強調創作自由的精神；順著這個思考脈絡，七子所謂的「古」，就成了唯一的、不可改變的典範，他們主張「詩本性情」，作品卻毫無情性，上焉者，只不過是古人影子。進之則認爲文學發展的進程，不斷求新求變是必然的軌轍，故能從寬廣的角度，檢視歷代文學作品，欣賞其不同的特色，在《雪濤閣集・重刻唐文粹》中便說：

　　　　……要之，代各有文，文各有至，可互存，不可偏廢。盍
　　　觀百卉乎？春則桃李，夏則芙蕖，秋則菊，冬則梅，或以
　　　艷勝，或以雅勝，或以清澹勝，總之造化之精氣，按時比
　　　節，洩於草木，各有自然之華。人心之精，洩而爲文，

　　無代無之，彼嘐嘐然尊古卑今者，有所獨推，有所獨抑，

　　亦未達於四時之序，與草木之變之理矣！（卷八，葉67a。）

以四時之花各有其美爲喻，說明「代各有文，文各有至」之理，肯定

「變」的價值，文學典範勢必因時制宜，作品方能自具本色，方爲洩

自「人心之精」，若此便足爲師法。故其論詩主張於初盛之外，要遍

究中晚。（詳第三章第二節之二）選評詩作，除宋型詩歌代表李白、

杜甫、中晚唐諸家，歐陽修、蘇東坡、黃山谷外，亦兼及唐型詩歌大

家王維、孟浩然等。依此看來：七子「復古」，忽略文學創新的意義，

進之肯定「變」的價值，高標「求眞」之旨，就給當時文壇注入新的

活力。

　　然則其所謂「變」，與劉勰《文心雕龍》通變觀的指涉，有何異

同？歷來對文學演化進程的觀念，不外二說，一爲新變，一爲通變，

蕭子顯《南齊書・文學傳》論說：

　　……習玩爲理，事久則瀆，在乎文章，彌患凡舊，若無新變，

　　不能代雄……朱藍共妍，不相祖述。（卷五十二，葉10a。）

這種「朱藍共妍、不相祖述」的態度，即是代表以新求變的觀點；劉

勰則主張通變，所謂「望今制奇，參定古法」，（《文心雕龍》，卷六〈通

變〉第二十九，葉18a。）一方面肯定「變」的價值，在能因應當前

情境，開展創新之道，一方面又須參酌古代文學，正視文類的本質，

訂定通常不變的法則。

　　劉勰所認爲可變的，須要開展的爲何？通常不變的法則又指涉什

麼？在《文心雕龍・通變》中說：

　　夫設文之體有常，變文之體無方，何以明其所以然？凡詩

　　賦書記，名相因，此有常之體也；文辭氣力，通變則久，

　　此無方之數也。名理有常，體必資於故實，通變無方，

　　數必酌於新聲。（卷六，葉17a。）

構成文體的三個基本要素爲體製、體要、體貌，體製係指詩賦書記等

文類的形式架構，體貌是相應於文類特質的藝術形相；文學表現，由

體製向體貌升進，有其必需遵守的美學原理，此一原理即為體要，三者雖各有義蘊，實則又互涵互攝。所謂「名理相因」，「名」是文類體製，「理」就是文類表現所必須遵守的「體要」，此為恒常不變之理，故是「有常之體」；「文辭」是指語言的修辭技巧與結構；「氣力」是作者性情、學識等塑造而成的文體結構力；情性必需不斷提升，學識需要永恒的積累融會，文辭要求其稱情達意，三者交叉為用，文學「體貌」才會歷久彌新，故是「變文之體」；這是文學創作永恒的學習歷程，也是文學可新可久的拓展途徑。

此一通變觀係為六朝奢靡文風的矯枉之策，六朝偏重文字雕鏤，務求新變；劉勰則兼及創作與主體情性的涵養，主張「徵聖」以為作者人格師法，「宗經」「酌於新聲」以為文學創作的參考，「通乎古」是出發點，「酌於新聲」為輔助，而以「變于今」為追求的標竿。如此，在求新求變的原則之上，更有一統攝的常法——文類體要與人格理想。這種文學演變的進程，即姜宸英《五七言詩選》序所謂「變必復古，而新變之古非即古也」

進之雖未標舉「新變」之詞，但倡言「窮工極變」，認為「今日見在者謂之新」；而主張「用今」，（詳《雪濤小書・詩評三・用今》，葉 2a。）「新變」旨趣已昭然若揭，然則其新變的意涵為何？歷來對公安派文學理論的探討，往往因其「獨抒性靈，不拘格套」、「精光」、「本色」、「性情」等等論說。便以為公安派是主張「眞性情」「眞文學」，實則這種「眞」只是一種淺率的「眞」。若以書法為喻，有臨帖摹寫，依樣點畫；有一空依傍，隨意構結。就臨帖一事，論斷作品是否屬於作者己有，則前者為假，後者為眞。剋就作品而言，前者取資於固定法帖，後者取資於記憶中的法帖，皆不脫取資途轍；這種取資，只有對象之異，論其創作手法，都是臨時幫湊，在點畫曲折，行氣結構中，並無自我性情的表露，若從此處考量，二者都是「假」；公安師心與七子擬古，二派眞假，亦同於此。

師心者所師對象，是一情識造作心，雖然臨景構結，不拘泥於盛

唐典範，卻已預設一價值判準，摭拾成說，以迎合此一「預設」，如此，創作便常有功利機巧。就進之而言，以元神爲創作主體，元神活潑便是眞，檢視其作品，則呈現感性與知性兩極化的現象，知性往往流於刻劃形式，撥弄言語，感性則偏於格卑品低的鄙吝之情，（詳第五章第二節之二）此一創作意識，雖是自出機軸，機軸是就知性構思而言，實則都在刻意的表現率性任誕的風流雅韻，既出之以「刻意」，便是外於生命情性。

　　外於生命主體而談新變，新變只能落在創作活動來講，如此便是刻意於文事，但在語言形式上，別其新舊同異，語言形式新異，就具有本色，算作眞詩。於是取盛唐詩作所棄，以爲能新能變，這個意識下，主張博觀遍覽，窮究中晩，在「學」的意義上，就只是詩料的累積，無涉於文體明辨與人格提升。此和劉勰「望今制奇、參定古法」的通變旨趣不同，通變觀以通爲變，要受人格典型與體要常理制約；進之新變觀則兩者皆可不論，直顯一個創作主體——元神，於是論當行則以比賦統興，（詳第三章第一節之一）以聲律遷就情意；（詳第五章第一節之二）言本色則有感性與知性兩極化的現象；標舉詩人最稱賞李賀、盧仝；品評好詩，則籠統的稱是「唐調」，自作詩則爲「宋格」；皆是此一觀點的投射。

二、新變觀的定位

　　這種新典故的提出，在當時剽竊雷同的風氣中，無疑是一針興奮劑。袁小修在《珂雪齋前集・花雪賦引》說：

　　　　夫昔之繁蕪，有持法律者救之，今之剽竊，又將有主性情者救之矣，此必變之勢也。（卷十，葉7a。）

七子持法律以救繁蕪之失，法律即格調，格調是詩的形式，論法而專究於格調聲色之中，詩被孤立於人外，成爲學習的對象，也是美感思考的對象，詩兼有內容與形式兩方面，形式是詩歌表現的媒介，徒汲汲於媒材的講究，未涉及美感經驗，則但爲一客觀的美學，無法觸及

詩作的核心。進之主性情，將詩學習的重點，由外而內凝於創作主體，他強調眞、趣、膽、趣、質朴、雅正、神、時、變……等，都是美感經驗的規範問題，學習者所學的重點，就在探索一種最便捷有效的表現方式，指引眞詩創作，要本於主體的眞情實感，運用想像，因時達變，讓主體的美感情趣，透過媒材，自然的呈現出來，這學的對象是美感心靈由醞釀至呈現的運作精神，也是主體自我的美感經驗或概念。這樣的指引，就能在擬古者毫無人氣的詩作中，導入活潑的氣息，亦爲拓展文學生命的首要課題；持說雖然駁雜，復缺乏詳細的方法論，但大破大立之際，思想理念的覺醒，就是一種超越，理論的建立與修正，則有待後起者繼續批駁建設，以蔚爲完整的系統。

就其爲一家之言來看，進之持論的偏向是難以遮掩的，分析宏道於〈雪濤閣集序〉，代爲辯說之言，亦可見一斑：

> 進之才高識遠，信腕信口，皆成律度，其言今人之所不能言，與其所不敢言者，雖其長才逸格有以使然，然亦因時抹摋，法當如是。論者或曰：「進之文超逸爽朗，言切旨遠，其爲一代才人無論；詩窮新極變，物無遁情，然中或有一、二語近平、近俚、近俳、何也？」余曰：「此進之矯枉之作，以爲不如是，不足矯浮泛之敝，而闖時人之目，故也。」（《袁中郎全集》，卷一，葉6b。）

披閱進之作品，索其言切者多，然多意盡詩中，而乏遠旨；（詳第五章第二節之三）若肯定其「窮新極變、物無遁情」的特色，釐清此「新變」之意，仍須落在題材的卑俗、創作手法刻劃形似、語言用字俚俳而言。以此觀之，進之作品風貌所以遭人議論，固爲矯枉所致，本質因素則爲意識偏差，務爲以新求變，而不自覺忽略文學恒常不變的「體要」，於是文體割裂，詩歌創作的美學典範（即賦、比、興），在高標「本色」之下，遂致滑離，體製無法呈現詩歌適當的體貌，是以「變」而不能代雄，當時已啓近俚、近俳之議，鍾惺在《隱秀軒文》往集〈與王穉恭兄弟〉更極言申斥：

江令賢者，其詩定是惡道，不堪再讀，從此傳響逐臭，方
當誤人不已；才不及中郎，而求與之同調，徒自取狼狽而
已。國朝詩無眞初盛者，而有眞中晚；眞中晚，實勝假初盛，
然不可多得，若今日要學江令一派詩，便是假中晚，假宋
元，假陳公甫、莊孔暘耳。學袁江二公，與學濟南諸君子
何異？恐學袁江二公，其弊反有甚於學濟南（李攀龍）諸
君子也；眼見今日牛鬼蛇神，打油定鉸，遍滿世界……（葉
6b）

以七子爲「假初盛」，是對宗祧唐型詩歌一派的否定，所謂「眞中晚
實勝假初盛」，正見其意識價值所取與進之相同，皆在宋型詩作，此
番嚴厲的批評，自非源自根本觀點的歧異。而斥爲「惡道」，爲「假
中晚」，宜是指其刻意標新立界，文體割裂，遂致詩格卑下，不堪再
讀，流風所及，〔註2〕乃至「牛鬼蛇神，打油定鉸，遍滿世界」，若是，
詩歌體要，體貌皆蕩然無存，所餘則爲一僵硬的框架而已。

綜而言之，進之新變觀，肯認文學發展求新求變的進程，合於文
學演變的常理，在對治七子泥於古而不知變的困局，極具摧陷力量；
若進而索其修養調理之方，恐須重新接續歷史傳統，審視古代作品，
沈潛反複，咀嚼英華，詳究情性與文體間奧妙的關係，再予補充修正，
乃臻完備。

第二節　知性美感的開展

七子論創作之法，專究於格調聲色之中，爲一客觀詩學，進之主
張「求眞」，從美感經驗的探索入手，指引創作之道。美感經驗的探
索，固然以自我創作主體的掌握爲歸趨，然而這種美感與傳統詩作的
美感迥異其趣，後者是感性心靈活動的再現，知性活動僅爲緣飾，具
有工具取向的特質；進之詩學，知性活動則躍升爲美感的本質，開展

〔註2〕本文所言之新變觀，雖剋就進之所論立說，實則當時公安派人士，
　　　　多同此主張，故末流所謂「牛鬼蛇神，打油定鉸」之弊，非進之一
　　　　人的影響，然進之蓋風中人，故亦難辭其咎。

出知性美感的新途。

知性美感的開展，是宋型詩歌的特色，宋詩的創作型態，雖與唐詩直覺的表現不同，知性活動較為活躍，對感性經驗不僅是作平面的緣飾，更要予再反省，再提升，以表達更深刻的思想，知性反省在「用典」一事，最為明顯，作者將自己感情推入歷史，以歷史為思考對象，就中摘選一是非法則，美惡判斷，發為沈潛澄汰的情意，雖始乎知識概念的思考，卻歸於超越的直覺，以冥合天道，這種知性的美感，強調內在主體的自證自得，具有生命實踐的體悟。

進之知性美感的表現，則非對感性經驗的反省、提升，知性活動本身，就是美感情趣，此一活動亦以知識概念為基礎，卻是機趣取向的創作型態。機趣泛指元神發用活潑，讓讀者為其虛靈敏捷之效，驚訝歡賞不置；其中具有高度知性的成分，並無引人發噱的必然性，但有其可能性。

依進之詩論詩作，這種美感類型，大約可分為二大類，一為剎那的、迅速的，一為功利的、虛靈的。前者又可細分為五：

一、眞

「眞」是指其描寫景物的刻劃形似，如其《雪濤小書‧詩評三‧求眞》所說：

> 譬如寫眞傳神者，不論其人面好面醜，黑白胖瘦，斜正光麻，只還他寫得酷像，俾其子見之，曰：「此眞吾父也。」其弟見之曰：「此眞吾兄也。」若此，則冠服、帶履之類，隨時隨便寫之，自不失為妙手，何也？寫眞而逼眞也。（葉3a）

畫人而求其酷像，以為逼眞，但在刻劃形似，其最高境界，殆如透過全自動化高傳眞的相機，所拍下的照片，極眞極似，卻隱含著物化的意味，缺乏源自生命活潑的情趣，這種對事物的客觀認識與雕鏤，大概僅賦作之流可堪比擬。有關刻劃形似之例，已詳第五章第二節、貳，此不贅舉。

二、巧

「巧」取其雕琢精細之意，進之論詩亦重「巧」字，在《雪濤小書・詩評三・巧詠》中已明言此旨：

> 大凡詩句要有巧心，蓋詩不嫌巧，只要巧得入妙……近日王百穀以詩名吳中，當百穀少時，爲鄞縣袁相公作牡丹詩，其牡丹名「相公紫袍君」，乃作一聯云：「色借相公袍上紫，香分天子殿中煙」，于時都下遍傳……百穀曾寓泰興陳令君所，陳觴之樓上，遂作詩二句，云：「多君下榻能留穉，有客登樓亦姓王」用陳蕃王粲事，化腐爲新……（葉 14a）

引文中所謂「巧心」係泛指文辭修飾結構的能力，亦涵蓋狹義雕琢精細之意，文中二例，皆取現成字鑲鉗入詩，前則取袁相公與天子並舉，後則贊美陳令君之禮遇文人；知性的呈顯見於語言點化之間，取意更別有一番逢迎善巧。又摘錄明宣宗詩聯：

> 餞學士黃淮古風
> 十載相違不相見，霜髻蕭蕭秋漢面。
> 評：此二語何其清曠出塵，含無窮之味。（摘自前揭書，〈皇風〉，葉 13b。）

此聯但寫十載隔離，久別相逢，鬢毛斑白，滿臉風塵的老態，題爲餞別之作，歸置原詩中，是否另有一番乍見還別、臨別依依、戀戀難捨的情懷？若由此而言含蓄無窮之味，則庶幾相近，剋就摘錄二句而言，實平平無奇，勉強揣摹，似指好在下句「秋」字，「秋」有歲暮，悲愁之意，在此聯中正有暗喻影射之巧，凡此皆給人精巧的美感。

三、妙

「妙」常與「巧」連用，「巧妙」被當作同義複詞；此處爲區別其意，「巧」偏指遣詞用字而言，「妙」則指涉意義構思的熨貼有味，如其摘錄懿文太子詩：

> 題半邊月
> 誰將玉指甲，搯作青天痕，影落江湖裏，蛟龍不敢吞。

評：首二語劈空道出，豈是凡吻。（摘自前揭文）

首二句以動態筆法，摹寫半缺之月，設想細微、貼切，可謂「體物得神」，但就物言物，只有單向知性的欣賞，缺乏作者生命的投入。又錄一下第學子詩：

題昭君圖

一自蛾眉別漢宮，琵琶聲斷戍樓空，金錢買取龍泉劍，寄與君王斬畫工。

評：以畫工喻典試也，意亦巧也。（摘自前揭書，〈采逸〉，葉 20a。）

此謂「意巧」即設想之妙，有託古抒懷之意，但是這種用典與宋詩意識型態不同，宋詩是返諸歷史時空，作更深刻的反省，此處只作隱語，是知識概念的運用，含意雖然淺近，但事件的聯結，頗有知性的機妙。

四、諧

諧語不但機智，並且有滑稽之趣，殊堪解頤。依柏格森（Henri Bergson）的說法，滑稽與機智都帶有嘲笑的意味，滑稽所笑者為說話者自己，機智所笑者則係第三者，或泛指眾人。（詳姚一葦，《美的範疇論》，開明書店，1985，頁 233。）此處僅就其出人意表，足以引人發噱的特性而言，如：

辰陽有生，逸其姓名，屢舉不第，過洞庭，題一絕云：「洞庭野水碧天浮，萬里蕭蕭蘆荻秋，可怪君山顏色厚，年年常對岳陽樓。」後二語甚含蓄有趣。（《雪濤小書・詩評三・采逸》，葉 16b。）

又：

昔有題詩山頂僧菴者，曰：「高山頂上一間屋，老僧半間龍半間，半夜龍飛行雨去，歸來翻羨老僧閒。」余鄉陳憲副朕溪題詩漳江寺，曰：「吟遍三千洞，來眠四大床，白雲鐘皷外，翻唉老僧忙。」二詩用意不同，然皆輕紗有味，不妨倒案。（見前揭文，葉 17a。）

第一則，係落第考生，藉君山自嘲，給人知性的一閃，大概相當柏格

森所謂滑稽的語言；第二則純爲想像的機智，從不同角度切入，老僧可閒可忙，故稱「倒案」，此但從靈敏、遊戲中展現趣味，並無深意。

五、諷　刺

諷刺含有責斥、規諫的意味，這種語言所以別於諧語，在其疾言屬色，傷人的程度較大，與詩經「言之者無罪，聞之者足以戒」的表達方式，迥異其趣，係採取更積極強烈的態度，如〈詩有實際〉所錄：

> 宋賈似道拜相，或作詩嘲之曰：「收拾山河一担擔，上肩容易下肩難，勸君高著擎天手，多少傍人冷眼看。」久之，似道建議丈量，或又作詩嘲之，後二語云：「縱使一坵加一畝，也應不及舊封疆。」……又賈相遣人販鹽，或作一詩云：「昨夜春風湧碧波，滿船都道相公醝，雖然欲作調羹用，未必調羹用許多。」詩固不古，可以觀世。語云：「天下有道，庶人不議矣。」（見前揭書，葉23a。）

評詩爲「不古」，「古」是指詩歌溫柔敦厚的藝術形相，「不古」則非爲「當行」，此則所引，依進之觀點，係自眞情實境流出，故雖不合詩歌當行之旨，但可以觀世，是爲可傳；仍從「眞性情」的角度，肯定其價值。其中所舉之例，鋒銳盡出，非具高度機智莫辦，已非「柔言感諷」之作，雖爲宋人所作，特爲摘錄，正見其美感意識所在，認爲：疾言譏諷破壞體性的詩格，亦是元神所注的產物。

另一類型帶有功利意味，呈現元神虛靈性的美感，是一種戲劇觀賞的品味，以進之宴遊詩爲例。宴遊詩爲其自身的美感經驗，[註3]創作型態大抵偏離感性活動自己呈現的方式，以知性爲主導，先預設一社會共認的價值，在此價值觀下對坐觀戲，鑑賞自己的風流雅韻。如：

─────────────────

〔註 3〕宴遊詩係泛指進之與友人遊賞山光水色，或集宴名園之作，個人出遊獨酌之作，不在此限。

清明‧錢象先邀同曹以新、王百谷遊虎丘六首
百尺垂楊拂畫船，家家笑話煖風前，
莫辭斗酒今朝醉，人世春光又一年。

風流豈敢望臨卭，那得追陪有數公，
花底唱酬詩易好，錦囊應不負奚童。

海湧峰前二月時，飛花舞燕亂差池，
狂來錯□千年事，欲喚真娘唱竹枝。

劍池何處問吳王，芳草寒煙帶夕陽，
卻歎英雄成底事，大家歌舞少年場。

名賢談笑座生風，餚核尊罍總易空，
為喚庖人催作膾，活魚躍入酒船中。

青山南北樹離離，多少荒墳偃斷碑，
休對良朋怕浮白，草間澆酒更誰知。（《雪濤閣集》，卷五，
葉22a。）

此一組詩，六首脈絡一貫，首尾呼應，「以文為詩」的架構，已失卻
絕句表現剎那美感的特質，夾纏著敘事說明的情緒；其中援用典故，
作者常跳出當機的時空，為美感活動尋求歷史的定位，或比諸相如、
文君臨卭賣酒，或比諸李賀錦囊覓詩，均為知識概念的運作，而非直
覺的興感。尚且，名曰遊記，而虎丘山水自然的機趣，並未與詩人心
靈交流互動，詩人身在景物中，心卻超乎景物外，以觀賞品味共遊人
群的風流雅韻。表現的客體，非為自然景物，而是「群朋的美感活動」，
表現主體的「我」，則自活動現場抽離，主客間的交流，係透過預設
的目的進行，雅與趣便是詩人預設的目的，其中的判準，則為晚明文
人集體的價值意識——癡狂率性、名士風流，創作之際，遂依此功利
判準，發揮元神虛靈的妙用，設想一足以表達美感情意的格局，形諸
詩歌，但為一戲劇化的想像美感。

　　上述知性美感的兩大類型，皆為知性的經營之迹，其虛靈、敏捷
的反應，就帶有吸引人的力量，會引發讀者的美感，此種美感範疇在
我國詩歌中，嚮以缺乏情性，或不合「溫柔敦厚」之旨，遭致非詩之

議，〔註4〕在進之詩學中，卻爲極力拓展的領域。

第三節　筆傳學語、心源乾涸

　　進之論詩，將七子客觀的詩學收攝於創作主體——元神，強調本色、主張以新求變，若頗知自出機軸、開創新局之理，檢視其作品，卻不免令人氣沮。題材內容與意義指涉，非常固定，大抵有三種特色：一爲應酬逢迎，二爲記吏隱的閒適，三爲任長洲令，思鄉情切，心存致仕之意。

　　以《雪濤閣集》所錄爲據，就應酬逢迎而言，寫宴遊則記文人風雅；（詳本章第二節）贈罷歸退隱，則慰以必蒙徵用，如「嚴廊雅意咨黃髮、徵詔還應出鳳樓」，（卷三〈劉侍御子咸〉，葉 16a。）「秘局他時需大筆，知君故自有詩名」，（卷四〈欽愚公〉，葉 12a。）「只恐廟堂推補袞，峴碑重勒楚江濆」；（卷四〈支中丞公〉，葉 20a。）記吏隱寫閑情或卑情；（詳第五章第二節之二）爲長洲令不能力任繁劇，不著眼於天下蒼生，卻常抒其思鄉致仕之意，如「不堪雙鴈沙頭唳，楚客懷鄉轉自悲」，（卷三〈滕縣阻水投村店〉，葉 10a。）「謀生自笑無長策，歸種秦源十畝桑」，（卷三〈春日感興〉，葉 33b。）「何年解綬還丘壑，醉擁紅爐伴舞裙」，（卷三〈丁酉犬日婁東舟次〉，葉 48b。）滿心功名富貴，滿口山林泉石，鄙陋無聊之情溢於言表；（另詳第二章第二節）尤有甚者，因訛傳而作〈輭龍君御進士〉，猶錄存不棄，所持理由爲「他日君百歲後省拈筆耳」，（卷三，葉 40b。）此種作詩

〔註4〕　王夫之《薑齋詩話》卷下四十八條曰：「咏物詩，齊梁始多有之。其標格高下，猶畫之有匠作，有士氣。徵故實，寫色澤，廣比譬，雖極雕繪之工，皆匠氣也，又其卑者，餖湊成篇，謎也，非詩也……袁凱以〈白燕〉得名，而『月明漢水初無影，雪滿梁園尚未歸』，按字求之，總成窒礙。高李迪〈梅花〉非無雅韻，世所傳誦者偏在『雪滿山中』『月明林下』之句。徐文長，袁中郎皆以此衒巧。要之，文心不屬，何巧之有哉？」（引自《清詩話》，西南書局，1979，上冊，頁 2。）即是對詩歌知性活動過於活躍，雕繪滿眼，毫無性情的斥責。

態度類同俳優，殆如置身於劇場，撥弄適合場景的語言，「適合」的
判準，在於附庸世俗的功利目的。形諸詩歌，毋需自家體悟，但摭取
他人描述的景象或意義，作語言的轉換，殆爲「筆傳學語」之流，具
有知性的湊泊，缺乏生命的創造力。

　　中國哲學的性格，儒釋道三家，都把「文道合一」，〔註5〕標爲
至善至美的藝術境界，能抒寫普遍之情，探討存在抉擇與價值者爲高
格。認爲陶淵明的詩「只寫胸中天」，杜甫寫其「忠憤之情」，李白寫
其「胸中之逸興」，如此，詩是從性情中流出，創作之際，不必受制
於世俗的功利目的，不須留意於語言文字的運用，超越纏縛，乘興得
意而發。創作而流於筆傳學語，詩是「作」出來的，是外於性情的活
動，專注的層面，由生命主體滑落於客觀情境與媒材運作上。

　　何以偏離生命主體，創作活動就會陷於「筆傳學語」的僵局？筆
傳學語是「學」的工夫，「學」之於創作，意義是不容抹殺的；各種
文類皆有不同的文體規範，文體初步而具體的學習，便須從摹仿古人
成功的作品入手。鍾嶸《詩品》評論作家風格，總愛追本溯源，明其
所自，雖不免失於牽強附會，但由此可見，創作摹體，熟悉文體規範，
是入門必經的途轍，是以劉勰《文心雕龍・體性篇》，亦有「摹體以
定習」之言，（卷六，葉 9a。）「學」不僅在於摹體，更可提供美感
經驗的知識概念，媒材布局、取資、修飾運作的方法，杜甫自道作詩
的經驗，常說「讀書破萬卷，下筆如有神」，宋黃山谷所謂「脫胎換
骨」，〔註6〕皆是對於學力的肯定。

───────────────

〔註5〕道是指生命的探索之道，儒釋道三家進路不同，面對存在，可有不
　　　　同型態的抉譯，但詩文必能表現此一探索之道，乃爲「眞性情」之
　　　　作。

〔註6〕黃庭堅（山谷）論詩主張由學入手，從形式上的積漸轉化爲自得心
　　　　源的法眼，脫胎換骨，即爲形式上的學習如他的詩句，「百年中去夜
　　　　分半，一歲無多春再來」是從白居易「百年夜分半，一歲春無多」
　　　　改易而來是所謂脫胎，其「野水自添田水滿，晴鳩卻換雨鳩來」是
　　　　梅堯臣「南隴鳥過北隴叫，高田水入低田流」的轉化，是爲換骨。（?，
　　　　《新篇中國文學史》復文試印本第二冊，頁 439。）

　　但學的意義是階段性，它所提供的只是知識概念，運用之妙則存乎一心，依據佛家大乘起信論的系統，心只是此心，當下一機之間，卻可呈顯兩個層面，一為眞常門，一為生滅門；眞常門為一恒常的智心，〔註7〕是生命的主體情性，亦即人存在的價值之處；生滅門為一虛靈的識心，是感官直覺的活動，透過感官習得的知識概念，引發的情意、欲望，均為特定時空下的相對現象，故只是因緣所生、虛妄無實的幻象。創作之際，心體所呈顯的面相，亦關乎作品境界的高低。

　　劉勰《文心雕龍》，對於文學創作中心體的分位，由一段話可見：

　　　　……屬意立文，心與筆謀，才為盟主，學為輔佐；主佐合
　　　　德，文采必霸；才學褊狹，雖美少功。（卷八〈事類〉第三
　　　　十八，葉9b。）

文學創作要始於學，學只能居於輔佐地位，發為創作，則賴「才」為主導；既贍才力，又富博見，方能文采斐然。此便為心體的妙用，是「心與筆謀」的活動，創作主體──心，係就綜攝材質與學力而言，是為「識心」，故此種虛靈妙用，但限於「文采必霸」而已，不足以深切的感動人心，引發普遍的共鳴。

　　成功的作品，發心動念，要能著眼於社會，關懷人生，此一敏銳的洞察力，眞切的悲憫之情，則繫於生命的主體情性──智心，唯有智心的觀照，方能穿透一切紛紜萬象，洞見眞實的意義，並且超然於客觀環境的限制，獨顯儒家「從心所欲而不逾矩」的自由無限心。所以劉勰《文心雕龍》，暢論各種文事，尚要標舉〈徵聖〉（卷一、第二，葉9b。）〈養氣〉（卷九、第四十二，葉6b。）宋姜夔《白石道人詩說》也認為：

　　　　吟咏情性，如印印泥，止乎禮義，貴涵養也。（葉3b）

────────────────
〔註7〕此恒常義係就「理」而言，非指時間空間上的永存。

嚴明《滄浪詩話》要說：

> 禪道在妙悟，詩道亦然。惟悟乃爲當行，乃爲本色。（〈詩
> 辨〉，葉 1a。）

「徵聖」「養氣」就是內在心源的涵養，如此，方能使創作的心靈，
轉化爲智心。「悟」就是智心的呈顯，一切學習所得的知識材料，在
其觀照下，皆昇華爲人生的智慧，所以創作要始於學習，永恒的理想
則在「悟」，在轉識成智。創作落實在作者的生命主體，智心自由無
限的開展，方能在紛紜萬象中求眞破妄、尋幽訪勝，否則徒倚於前人
言說，不能自得心源，則一切學力精修只是乾慧，自梏於乾慧，焉能
吟囀出清音？故宋楊誠齋即說：「不是胸中別，何緣句子新？」（《誠
齋集》，卷四〈蜀士甘彥和寓張魏公門館、用余見張欽夫詩韻作二詩
見贈，和以謝之〉，葉 3a。）

進之論詩，亦主張秉於「性情之正」，在《雪濤閣集·姑蘇鄭姬
詩引》中說：

> ……至于薛校書、劉采春、鶯鶯、盼盼諸所題咏，又皆淫
> 狎媒嫚，語不稟正，然雖不稟于正，而以閨閣之流，掞藻
> 摛詞，至掩騷人墨鄉，關其口，而奪其所長，斯亦造化所
> 獨縱，故自不朽。夫鳳凰和鳴，中于律呂，是謂稀世之音
> ……且也，發乎性情止乎禮義，如王公大人非法不言，庶
> 幾漢庭班婕好之流，卷耳、葛覃之遺響歟？（卷八，葉
> 52b。）

又〈論文〉引空同子之言，[註8] 也指出不假磨礱雕琢，爲創作極詣，
而臻於此境的方法，在於學習聖人之道：

〔註 8〕 空同子係爲前七子領袖李夢陽之號，進之〈論文〉藉空同子與尉遲
楚問答的方式寫就，文中議論主張「辭達」，講究結構條理、莊嚴雅
正、標舉先秦典籍，與李夢陽持論頗爲近似，且此篇於《雪濤閣集》
中未見存錄，但收在中國方志叢書《湖南桃源縣志》（成文出版社，
1970 年，頁 440。）是否爲進之所作，尚待商榷。但《雪濤閣集》
於萬曆庚子（1600）付梓，進之晚年（1600～1605）作品未及收錄，
且篇末又有石公（袁宏道）評註，筆者以此視同進之的文學主張。

……聖賢道德之光，積於中而發乎外，故其言不文而文，
譬猶天地之化，雨露之潤，物之魂魄，以生華萼毛羽，極
人力所不能爲，孰非自然哉？故學於聖人之道，聖人之言，
莫之致而致之矣，學於聖人之言，非惟不得其道，並其所
謂言，亦且不能至矣。（《桃源縣志》，卷十三〈藝文志〉，
成文出版社，1970，頁440。）

二說均將「發乎性情、止乎禮義」的性情之正，聖人之道，視爲詩文
創作的內在心源，但剋就詩學理論與創作實踐而言，過份強調「眞」
「本色」，並且順乎情識造作而言「眞」，眞是任情恣意之率，如《雪
濤閣集》自序便說：

夫人之性，不能澹然無好，當其所好，無論有益無益，工
與不工，而自有戀戀不能舍者。故性好奕，雖終日輸棋，
不廢奕也；性好賭，雖終日輸錢，不廢賭也；性好酒色，
雖醉欲死，瘦欲死，不廢酒與色也。何者？誠好之也。（自
敘，葉1a。）

又爲譚玉夫《笑林》引言，亦說：

人生大塊中百年耳，纔謝乳哺，入家塾，即受蒙師約束；
長而爲民，則官法束之；終其身，處乎利害毀譽之途，無
由解脫。（見前揭書，卷八〈笑林引〉，葉57b。）

沈迷於博奕酒色，爲情識造作，是人性的陷溺，進之卻視爲性之眞誠，
無怪乎將導情於正的禮義規範，視爲遷就利害毀譽，桎梏情性，而忽
視其提撕人性，貼切智心的價值意義。如此論「性」，性是材質之性，
爲氣質之心；氣有清濁，才有美惡，聽此識心而發，偶爾也能呈顯赤
子般清明的本心，但未有理的貞定，自覺的反省提撕，一受外物牽引，
則隨物流轉、昏昧不明。

　　所以，進之詩論過度偏執於「求眞」，以至「淫狎媒嫚，言不稟
於正」，但係「造化所獨縱」，故認定當爲「不朽」；及自作詩文，亦
同此價值意識，故撥弄玩賞名理，抒寫鄙俚卑俗之情，作品內容或附
庸風雅，或記吏隱，空談致仕，了無新義，高處但開出知性美感，（詳

本章第二節）索其言外餘韻，則短仄寡淺；追根究柢，即在心源沽涸，無法開展自由無限的智心，創作一則受限於客觀情境，一則刻意於媒材運作上求新變。這個客觀情境，就是晚明政治腐敗，社會動盪，山人吏隱，矯情造作的功利環境；其創作手法的刻畫形似，雕琢字句，援引俚俳字眼入詩，正為淪落在媒材運作上作意好奇的具體證明。

日人鈴木虎雄《中國詩論史》，論及公安一派的詩風說：

> ……一入萬曆時代，公安有袁宏道兄弟，標清新輕俊，任性情而不拘法度……實則陷於詼諧之流，品格卑靡，決不能說是雅音。（引自洪順隆譯本，商務印書館，1979，頁141。）

又錢基博先生《明代文學》中也說：

> 公安結調太熟，而竟陵又過生新；公安造語近俚，竟陵構篇不完，公安無潔情，而竟陵乏遠韻。（商務印書館，1984年，頁63。）

所謂：詼諧、卑靡、結調太熟、過於生新、造語近俚、無潔情、乏遠韻，這些對晚明詩作的批評，不論指涉的對象為公安或竟陵，均可在進之詩作中得到驗證；鍾惺譏為「惡道」，此一「惡」果，並非眼高手低，創作實踐的滑失，而是美感意識與價值判斷偏差，付諸實踐必然導致的現象；這種現象亦非進之一人所獨具，實為亂世中，基層文士心源乾涸，又當市民文藝勃興之際，失所操持，遂隨波逐流，所產生的共相，進之詩學但為時代文風的佐證而已。

「詩者，持也。持其情性」，（劉勰，《文心雕龍》，卷二〈明詩〉第六，葉 1a。）吟咏性情為詩，但性情不就是詩；詩者雅道，人之應物興感，為情識、為性理，皆在一念之間，故形諸吟咏，意念須經澄汰，意象亦須斟酌經營，故重一「持」字。如黃山谷《豫章黃先生文集》所說：

> 詩者，人之情性也。非強諫爭廷，怒罵鄰座之為也。其人抱道而居，忠信篤敬……是詩之美也。（卷二十六〈書王知載朐山雜詠後〉。）

即此一「抱道而居」的心情，援筆屬思，方能「以情合於性，以理合於道」，（田錫，《咸平集》，卷二〈貽宋小著書〉，葉 11a。）進之主張「求眞」，持論「新變」之際，若能將創作的主體——元神，涵養爲一自由無限的智心，白覺超拔於時流，則一切學力文事，經過轉識成智的昇華，自然自具法眼，自得於道，避免陷入筆傳學語的僵局。

附 錄

附錄一：江進之年譜簡表

凡 例

（一） 本表以江進之生卒年爲斷，自嘉靖三十二年（1553）起，至
萬曆三十三年（1605）止，計五十三年。

（二） 表列五欄，依次爲紀元、年齡、重要事跡、時事紀要、附註。
「重要事跡」記進之生平可考之事。「時事紀要」兼括歷史與
文學兩方面；前者旨在凸顯進之所處社會的季世性格，後者
則以藉觀進之的文學背景。

（三） 「重要事跡」七至三十二歲處，紀事時間係推算所得，年度
易有前後，爲慎重計，故未逐年畫界，但持論所據，仍標列
於「附註」欄。

（四） 重要事跡佐證資料，擇要列於「附註」，爲便比對，並標示同
一號碼。

紀 元	年齡	重要事跡	時事紀要	附 註
嘉靖三十二年癸丑（1553）	1	△二月生於湖南桃源縣。	1. 倭寇掠奪江浙。 2. 俺答侵擾遼東。 3. 李贄二十四歲，湯顯祖四歲，唐順之四十七歲，王愼中四十五歲，歸有光四十八歲，茅坤四十二歲，胡應麟三歲。	△〈初度〉：「二月春光最可憐，一盃獨酌小桃前，客中幾度逢生日……屬牛（江注：余生癸丑）只合早歸田……」（《雪濤閣集》，卷四，葉68a。）

嘉靖三十三年甲寅（1554）	2	△在桃源縣。	1. 倭寇、俺答繼續為患。 2. 更定錢法、貨幣貶值。 3. 梁有譽（後七子之一）卒。	
嘉靖三十四年乙卯（1555）	3	△在桃源縣。	1. 倭寇、俺答為患益烈。 2. 開四川、山東銀礦。 3. 董其昌生。	
嘉靖三十五年（1556）	4	△在桃源縣。	1. 倭寇、俺答繼續為患。 2. 韃靼犯遼東、陝西。 3. 大肆開採銀礦、礦使為虐。	
嘉靖三十六年（1557）	5	1. 在桃源縣。 2. 祖父崑岳授誦小詩，及唐宋人勉學語。	1. 倭寇、俺答、韃靼繼續為患。 2. 採辦珍珠一百三十萬餘顆。 3. 葡萄牙竊據澳門。	2. 〈明故九十壽鄉賓江公崑岳老處士墓誌銘〉：「（進之）甫五齡，與公俱起臥，公口授小詩輒成誦，信宿不忘，已迺舉唐宋人勉學語口授之，亦復成誦……」（《雪濤閣集》，卷九，葉15b。）
嘉靖三十七年戊午（1558）	6	△在桃源縣。	1. 倭寇、俺答繼續為患。 2. 陳繼儒生。	
嘉靖三十八年己未（1559）	7	1. 在桃源縣。 2. 受業羅潼江之門。 3. 髫年喪母。	1. 倭寇、俺答、韃靼繼續為患。 2. 文徵明、王慎中、楊慎卒。	2. 〈明故九十壽鄉賓江公崑岳老處士墓誌銘〉：「至（進之）七齡，遣就傅。」（《雪濤閣集》，卷九，葉16a。）又〈明故儒林少石杜公墓誌銘〉：「不佞（進之）童年，受業先師羅潼江之門。」（見前揭書，卷九，葉17b。）
嘉靖三十九年庚申（1560）	8		1. 倭寇、俺答、韃靼繼續為禍，土蠻犯遼東。 2. 福建等六處民變。 3. 唐順之、徐宗臣（後七子之一）卒。 4. 袁宗道生。	3. 〈祭羅師母〉：「……不肖髫年，蹇不逢時，痛吾先母，脫珥延師，無何，捐棄，孤鳥誰依，師母見憐，收而撫之……」（見前揭書，卷十一，葉8b。）
嘉靖四十年辛酉（1561）	9		1. 俺答犯宣府，居庸關。 2. 江西、閩廣民變。	

嘉靖 四十一年 壬戌 （1562）	10		1. 土蠻、韃靼、倭寇復 迭相爲患。 2. 徐光啓生。	
嘉靖 四十二年 癸亥 （1563）	11		1. 俺答、老把都兒來 犯。 2. 俞大猷、戚繼光剿倭 大捷。	
嘉靖 四十三年 甲子 （1564）	12		1. 剿倭復傳捷報。 2. 韃靼來犯。 3. 錢法日壞，詔防私 鑄。	
嘉靖 四十四年 乙丑 （1565）	13		1. 土蠻、俺答、韃靼入 侵。 2. 嚴嵩父子伏法被籍。 3. 白蓮教蔡伯貫起事。 4. 王世貞刻《藝苑卮 言》六卷。 5. 歸有光中進士。 6. 程嘉燧生。	
嘉靖 四十五年 丙寅 （1566）	14		1. 白蓮教破敗。 2. 俺答入犯。 3. 廣東、江西民變。 4. 世宗崩，子載垕嗣， 爲穆宗。	
隆慶 元年 丁卯 （1567）	15	△工爲時藝。	1. 土蠻、韃靼、俺答入 犯。 2. 婁堅生。	△〈求砭草序〉言：「不佞科 束髮學博士家言……」(《雪 濤閣集》，卷八，葉59a。） 按：束髮之年當在十五歲左 右。
隆慶二年 戊辰 （1568）	16		1. 韃靼入犯。 2. 華北、遼東等七處地 震山崩。 3. 敗俺答於塞外。 4.「一條鞭」法正式施 行。 5. 詔購寶珠，群臣諫， 不聽。 6. 李開先卒。 7. 袁宏道生。	

隆慶三年己巳（1569）	17		1. 俺答犯掠。 2. 北京、南京等七處水災。 3. 東廠、錦衣衛偵伺部院事。 4. 陝西民變。	
隆慶四年庚午（1570）	18		1. 李攀龍卒，王世貞嗣操文柄。 2. 袁中道生。	
隆慶五年辛未（1571）	19		1. 封俺答爲順義王。 2. 詔江西燒造瓷器十二萬餘件，陝西織造羊絨三萬二千二百餘匹，凡費一百數十萬兩，言官諫，弗聽。 3. 歸有光卒。	
隆慶六年壬申（1572）	20	△師於葉日葵。	1. 倭寇、土蠻犯掠。 2. 穆宗崩，子翊鈞嗣，爲神宗。 3. 王世貞《藝苑巵言》又增二卷。	△師葉日葵事見於《雪濤閣集》卷十一〈祭葉日葵老師〉：「……于時我師出守常武，相士超乎牝驪，拔某起於儔伍……閱歷二十載，稍得成名，婆婆一官，出宰婁濱。」（葉2b） 按：進之於萬曆二十年（1592）就任長洲令，依此逆推二十年則爲隆慶六年。
萬曆元年癸酉（1573）	21		1. 朵顏犯邊爲戚繼光所破。 2. 建州女眞犯邊。	
萬曆二年甲戌（1574）	22		1. 建州女眞犯遼東，倭寇犯浙江。 2. 謝榛《四溟詩話》成。 3. 鍾惺、馮夢龍生。	
萬曆三年乙亥（1575）	23		1. 土蠻犯邊。 2. 謝榛卒。	
萬曆四年丙子（1576）	24	△與友人張斗橋，李小埜、夏中甫等赴郡試。	1. 土蠻犯邊。 2. 遣太監督蘇杭織造。 3. 王世貞《弇州山人四部稿》刊成。 4. 王思任生。	△〈建長樂石橋記〉：「記丙子歲、余與友人張君斗橋、李君小埜、夏君中甫暮夜策騎赴郡試，值江漲之後，梁逶巡垂斷，余輩冒險求濟，乃夏生竟與馬俱墮，僅得不死……」（《雪濤閣集》，卷七，葉44a。）

萬曆五年 丁丑 （1577）	25	△與文蓮山讀書桃源縣學。	1. 張居正父喪，謀留位，糾核者多杖貶。 2. 屠隆生。	△〈蓮山文師去思碑記〉：「蓮山先生、萬曆丁丑歲，奉蕳書爲桃庠師，閱四年，調國子助教，又三年待詔金馬門，又三年乞休沐歸。蓋十餘年所，而吾黨之士，思之不釋。」（《雪濤閣集》，卷七，葉22a。）
萬曆六年 戊寅 （1578）	26		1. 詔選內監三千五百七十名應用，言者諫，弗聽。 2. 土蠻犯遼東。 3. 清丈田畝。 4. 稅負三十三萬八千餘兩。 5. 徐中行卒。 6. 沈德符，劉宗周生。	
萬曆七年 己卯 （1579）	27	1. 赴鄉試落第。 2. 繼母卒。	1. 張居正毀書院六十四處。 2. 土蠻犯遼東。 3. 修河費五十六萬餘兩。 4. 何心隱、梁辰魚卒。	1. 2.〈祭宋楚山〉：「……已就有司不利，會先繼母喪，斬焉衰絰，先師亦相繼捐世，不佞遂無意進取，反牛口下，儕輩謂此終牛口耳，潼江先生之言大而無當也。乃吾楚山先生，獨延不佞草茆中，坐之皋比，而遣其子四君，北面師事之……已諸郎就試有司，不甚利……不佞亦數數困場屋……公亟問甌餒，十餘年間，家人待公而火者十晨而九……」（《雪濤閣集》，卷十一，葉33b。） 按：進之於辛卯（1591）夏作西江之遊，即赴京應考，進士及第後，隨即往長洲就任，故館於宋楚山家，至晚不過辛卯，以此逆推十年，則進之任宋府教席，至遲亦不後於辛巳年（1581）最近辛巳年之鄉試，舉於己丑（1579），則所謂「就有司不利」宜在此年，加上守制之期，館師之就，約在己丑之明年庚辰（1580）。

萬曆八年庚辰（1580）	28	△館於宋楚山家。	1. 廣西十寨僮人為患，事敗。 2. 汰內外冗官。	詳同萬曆七年附註。
萬曆九年辛巳（1581）	29		△土蠻入犯	
萬曆十年壬午（1582）	30		1. 杭州兵變、民變。 2. 張居正、王畿、吳承恩卒。 3. 錢謙益生。	
萬曆十一年癸未（1583）	31		1. 緬甸犯雲南。 2. 廣東民變。 3. 湯顯祖舉進士。 4. 艾南英生。	
萬曆十二年甲申（1584）	32		努爾哈赤攻併棟鄂部翁鄂洛城。	
萬曆十三年乙酉（1585）	33	△舉鄉薦為孝廉。	1. 四川兵變。 2. 神宗集宦官授甲操，群臣力諫，始罷。 3. 努爾哈赤攻併渾河部等城。	△〈明故九十壽鄉賓江公崑岳老處士墓誌銘〉：「……數歲舉孝廉……蓋是歲公春秋八十有五……」又云：「……公以弘治辛酉年（1501）五月初八日生……」（《雪濤閣集》，卷九，葉16a－17a。）依此推算，進之舉孝廉當在萬曆乙酉年(1585)故袁中道〈江進之傳〉即曰：「乙酉舉於鄉」。（《柯雪齋前集》，卷十六，葉33a。）
萬曆十四年丙戌（1586）	34	1. 春赴京，購閱《由拳集》（屠隆著）私心艷慕。 2. 應禮部試，下第、歸里。 3. 作《求砭草》一卷。	1. 徐貞明督治京畿水田，畢鏹議裁冗員，為近倖所撓，皆罷去。 2. 努爾哈赤攻併尼堪外蘭，得明人之助，遂與明和。 3. 袁宗道會試第一官翰林院。 4. 譚元春生。	1. 與〈屠赤水〉：「丙戌之春，旅食京華，從書肆中得購《由拳集》……」（《雪濤閣集》，卷十二，葉48a。） 2.3.〈求砭草〉：「歲乙酉濫竽鄉薦，輒又困公車，將所為博士業者，皮膚色澤，尤幸無恙，而中內關有不可知之病耶？誠不自解，因檢近作數十章，附剖劂氏，遍謁諸大方家，儻遇俞扁氏，憐其疴瘤，一發藥乎，庶幾有瘳焉，此為計已病，非引年也。（《雪濤閣集》，卷八，葉59b。）

				按：明代科舉制度，鄉試之明年爲禮部會試，乙酉（萬曆十三年）鄉試，故進之所謂「又困公車」當在萬曆十四年。
萬曆十五年丁亥（1587）	35	△在桃源縣。	1. 鄖陽士卒譁變。 2. 努爾哈赤攻哲陳部。 3. 戚繼光卒。 4. 阮大鋮生。	
萬曆十六年戊子（1588）	36	1. 在桃源縣。 2. 作〈馹馬橋記〉。	1. 山西等五省大饑、大疫。 2. 取太倉銀二十萬兩充閱陵賞費。 3. 甘肅兵變，蘄州民變。 4. 羅汝芳卒。 5. 宏道舉於鄉。	2. 〈馹馬橋記〉：「……始得吾鄉江君景珊奮起圖之（修橋事）……肇自萬曆丁亥正月，迄改歲，工始成，索不侫爲記。」（《雪濤閣集》，卷七，葉12b。） 按：萬曆丁亥年改歲後，則爲萬曆十六年戊子。
萬曆十七年己丑（1589）	37	1. 應禮部試，再度落第。歸里。 2. 作〈募修東門橋文〉。	1. 太湖等三處起事。 2. 土蠻入犯。 3. 努爾哈赤併兆佳城。 4. 宏道會試落第，初與聞性命之學。 5. 宗道爲太史，以使事返里。 6. 焦竑、董其昌舉進士。	1. 據《雪濤閣集》卷九〈明故九十壽鄉賓江公崑岳老處士墓誌銘〉有「不肖再困禮闈」之言，（葉16b）且進之萬曆十四年應禮部試下第，依三年一會試例，則進此年亦當赴考，並且再度落第。 2. 〈募修東門稿文〉中有「抵今歲己丑」之言，故列於此。（見前揭書，卷七，葉13b。）
萬曆十八年庚寅（1590）	38	1. 多三弟盈丞，子禹疏就鄉試。 2. 十二月初六日祖父崑岳公卒。	1. 土蠻、俺答入犯。 2. 雒于仁諫疏留中，後遂成例，永罷講筵。 3. 春，公安三袁初見李贄於柞林。 4. 李贄焚書出版。 5. 王士貞卒。 6. 王士貞《弇山堂別集》刻竣。	1. 2. 〈兩弟號說〉：「初余號二弟曰楚樵，四弟曰楚漁，客問余曰，兩君農也……」（《雪濤閣集》，卷八，葉62a。）盈丞非農，《雪濤閣集》爲其所輯，進之爲長兄，則盈丞當若列第三。又〈明故九十壽鄉賓江公崑岳老處士墓誌銘〉載：「……至庚寅歲……是年多，不肖弟盈丞，男禹疏，就試邑大夫，公步至邑前，視兒出棘院，酒休舍……公以弘治辛酉年五月初八日生，沒於萬曆庚寅年，十二月初六日壽九十……」（見前揭書，卷九，葉17b。）

萬曆 十九年 辛卯 （1591）	39	1. 正月初九日葬祖父於桃源。作〈明故九十壽鄉賓江公崑岳老處士墓誌銘〉祭之。 2. 夏、爲西江之遊。 3. 秋、遊江蘇登越王台。	努爾哈赤掠長白山、鴨綠江。 申少師時行致仕歸長洲。	1.〈明故九十壽鄉賓江公崑岳老處士墓誌銘〉：「……男鳳翊（進之父）不肖孫盈科等卜辛卯年正月初九日葬公西郭……」（《雪濤閣集》，卷九，葉17a。） 2.〈與張躍龍〉：「辛卯之夏，不佞買扁舟爲西江之遊……」（見前揭書，卷十三，葉26a。） 3.〈與陳孟常太史〉：「辛卯之秋，不肖浪遊貴里，登越王臺，覽觀東南霸氣。」（見前揭書，卷十二，葉20a。）
萬曆 二十年 壬辰 （1592）	40	1. 三月蒙李晴原拔擢登進士第，列三甲，與袁宏道、謝肇淛同年，授長洲縣令。 2. 八月，就任長洲縣令。作〈曹魯川禦倭條議引〉。 3. 結識申少師時行、張伯起、張幼于兄弟，及王百谷等。 4. 遊虎丘，作虎丘五章。越二日，鼓楫往句曲，在丹陽撞船，返程墮馬。	1. 寧夏致仕副總兵哱拜反，與韃靼相結。 2. 日、豐臣秀吉犯朝鮮，東南告急，李如松出援。 3. 袁宏道登第不仕，與兄宗道返里，同外祖父龔春所等論學。 4. 吳國倫卒。	1. 紀登第事： 五律〈登第候榜〉（《雪濤閣集》，卷一，葉10b。） 七律〈瓊林宴恭紀〉（見前揭書，卷三，葉2b。）〈廷對志感〉（見前揭書，卷三，葉3a。） 〈與李晴原座師〉：「不肖猥以懷陋，老師一顧之恩，免博士籍，榮與計偕，凡三上，濫側制舉之末。」（見前揭書，卷十二，葉18a。） 2. 紀出宰長洲： 七律〈出宰長洲作〉（見前揭書，卷三，葉8b。） 〈長州錢穀冊引〉：「不肖科自壬辰歲八月承乏長洲……」（見前揭書，卷八，葉63a。） 〈曹魯川禦倭條議引〉云：「不佞承乏茲土，適聞警戒，倚公若長城，然茲所著禦倭條議可覩已。」（《雪濤閣集》，卷八，葉56b。） 按：本年確有日本侵犯事，且進之亦始就任長洲，故列於此。 3. 張伯起（鳳翼）、張幼予（獻翼）兄弟爲長洲人，張母祭文皆進之寫作。（前揭書，卷十，葉8a。）又〈與張伯起〉書，亦載初識事：「酒今承乏茂苑，忝先生不鄙，儼然貴臨，望其眉宇，如三株黃鶴，知非樊籠中羽

				毛……」（見前揭書，卷十二，葉33a。） 3. 4.王百谷〔稚登〕先世江陰人，移居吳門。進之與其往來頻繁，《雪濤閣集》卷十三〈與王百谷〉書云：「虎丘之遊，可謂二美四難，難并之矣，令君一生風月，此稱最勝惜哉？鄙人福相缺陷不堪受饗，越二日，鼓枻往句曲，蓋往還四五百里間，犯死者二，其不即注鬼錄，則猶有天幸乎？方在丹陽，偶成虎丘五絕……兩舟橫衝如霆擊，我舟幾覆……（返）馬橫逸不受控，墮我于地……不佞年已強仕……」（葉2b）是以進之四十歲曾遊荷花蕩並受二難，但五絕五章之作《雪濤閣集》中並未存錄。
萬曆二十一年癸巳（1593）	41	1. 奔走邑事，極言苦況。 2. 春，作江陰之遊。 3. 舉里選。 4. 以歲課不登遭奪贐。 5. 作〈玉壺冰紀事〉自勵以匭勉牧民。 6. 題齋名「小漆園」以託吏隱，作〈小漆園記〉。 7. 置「役田」二千九十四畝補貼漕運力役。作〈長洲役田記〉。 8. 河南、浙江水災，作〈歷姑蘇諸邑〉記感。	1. 李如松敗日軍凱歸。 2. 河南、浙江水旱災。 3. 河南民變。 4. 李時珍、徐渭卒。 5. 公安三袁再訪李贄於龍湖。	1. 〈與陳景湖〉：「……不肖服官四閱月，載星出入，形神都枯……」（《雪濤閣集》，卷十二，葉19b。） 〈與陳盈常太史〉：「服官以來，入握管治簿書，手腕欲脫，出理錢穀德獄訟，敲朴之聲，早暮聒耳，造請司府諸公，負囊轅伏謁江滸，望塵下拜，膝肉幾穿……在事八閱月，無一善狀可道……」（見前揭書，卷十二，葉21b。） 又〈與黃麗江御史〉〈與汪和宇比部〉〈與卓月波光錄〉等，（分見前揭書，卷十二，葉22a、22b、23a。）皆極言長洲令苦。 2. 江陰之遊見於〈與王百谷〉書：「乃者泛一葦入江陰……僕作吏凡七月……乃今舟中閒適頗數日，而江南滋味，稍之受享……」（見前揭書，卷十二，葉8b。） 3. 里選事見於〈祭馮廷諫〉：「余至長洲之明年，舉里選，拔君於千人中。」（見

				前揭書,卷十一,葉 18b。)

4. 6.〈小漆園記〉:「……令日夜操鞭笞與疲民從事,猶然以歲課不登見奪餼……不佞在職踰年,昕夕拮据,形容凋落……而予中則無日不逍遙也……兀坐此齋、掃地焚香,消遣塵慮……於是顏其齋曰:小漆園。」(見前揭書,卷七,葉 20a。)奪餼事亦見於〈與沈伯含〉書:「不令自之官,即見奪餼。」(見前揭書,卷十二,葉 27b。)

5.〈玉壺冰紀事〉有「先生癸丑進士,去今四十餘年」之言,依此推算約作於癸巳(1593)之際,且文中雖嘆長洲令苦,事繁功少,但語氣尚稱平穩,當爲初抵任所之作,故列於此。

7.〈長洲役田記〉:「……陪都稍近,轉運稍易,京都最遠且難,舟楫徒(當作徙)旅,守候交割,騷然繁費,校算額編,貼役銀米載在經賦者,非不與其役相稱,而余猶皇皇然念其或疲于力,而終至于不可繼也?于是置爲役田……計民之領南北運者,就中劑量遠近,繁簡難易。而輕重布之,號曰役米。」(卷七,葉 69b。)察其聲吻,當在就任長洲令之初,未見轉輸之苦而預爲防範者,故列在此年。

8.〈歷姑蘇諸邑〉:「兩年奔走縛塵纓,問俗那堪感世情。吳下千鄉田傍宅,江南到處水環城,征徭久矣殘機杼,防守猶然議甲兵,借箸只今難石畫,自慚空負濟時名。」(見前偈書,卷三,葉 19a。)

萬曆 二十二年 甲午 （1594）	42	1. 七月與任日槺等遊虎丘，作〈遊虎丘記〉。 2. 顧憲成削籍，去函錫山致意。 3. 病足瘡，伏枕旬月。	1. 播州楊應龍抗令，攻之。 2. 努爾哈赤與蒙古通好。 3. 袁宏道謁選授吳縣令。 4. 顧憲成削籍歸田。 5. 東林黨議起。	1.〈遊虎丘記〉：「甲午之秋，七月既望，郡守盧公，別駕黃公，行部虎丘，不佞及日槺任君，寔驂乘焉……」（《雪濤閣集》，卷七，葉17b。） 2.〈與顧涇陽伯仲〉：「竊謂兩先生必且翱翔金馬銅龍署間……不虞皆以直言忤世，鎩羽天路……」（前揭書，卷十二，葉39b。） 3.〈答楊景渚民部〉載病足事：「……不佞病足瘡，伏枕旬月，夫奪之足矣，而牛馬走如故……乃其一躓三載，知我者希……」（前揭書，卷十三，葉18b。）
萬曆 二十三年 乙未 （1595）	43	1. 同公安三袁遊，與袁宏道尤善，宴遊論詩，排擊七子，號稱「江袁」。 2. 為申時行夫婦作〈壽申少師暨配吳夫人序〉。	1. 始繳礦稅。 2. 王思任舉進士。 3. 袁宏道任吳縣令。 4. 公安三袁初識湯顯祖。	1. 袁宏道〈哭泣進之〉詩序：「猶記吳之日，與兄（進之）商證此道（指排擊七子事），初猶不甚信，弟謀兄曰：果若今人所著萬口一聲，兄何以區別其高下也……後為余敘蔽篋，遂述此意……」（《袁中郎全集》，卷三十六，葉17b。）《靜志居詩話》「進之與袁中郎同官吳下，其詩頗近公安派，持論亦以七子為非。」（引自陳田《明詩紀事》庚籤卷十七，葉3b。） 2.〈壽申少師暨配吳夫人序〉（見《雪濤閣集》，卷十，葉1a。）
萬曆 二十四年 丙申 （1596）	44	1. 作〈姑蘇顧氏（韋所）祠堂記〉。 2. 為袁宗道作〈百蘇齋冊子引〉。 3. 為張伯起之母作〈壽張孺人九十序〉。 4. 六月，與張	1. 韃靼入犯。 2. 豐臣秀吉侵略朝鮮。 3. 稅使、礦使四出，民益不堪。 4. 楊應龍復起。 5. 袁宏道上書辭吳令，作《錦帆集》。 6. 袁宗道為翰林院編修。	1.〈姑蘇顧氏祠堂記〉有「其歲為丙申，適公所建家廟落成，屬余為記」之言，（《雪濤閣集》，卷七，葉33a。）故列於此。 2.〈白蘇齋冊子引〉見於前揭書卷八，葉35b。 3.〈壽張孺人九十序〉見於前揭書卷十，葉8a。 4.《雪濤閣集》卷五記〈同張幼于諸君遊荷花蕩〉之八有

		幼于等遊荷花蕩。作〈同張幼于諸君遊花蕩〉七絕九首。 5. 冬作〈迎春感賦〉。		句「五年蕩裡纔今日」，（葉14b。）故出遊時當在任長洲令之第五年——萬曆丙申（1596）年。 5.《迎春感賦》見於前揭書，卷二，葉15a，題目下進之自注：「丙申冬作」。
萬曆二十五年丁酉（1597）	45	1. 袁宏道辭官，作〈袁中郎移病南歸〉七首濺別。 2. 為袁宏道作〈蔽篋集引〉、〈錦帆集序〉、〈解脫集引〉、〈解脫集二序〉。 3. 以徵糧事，激發抗漕之變，誤捘馮姓生員。 4. 為張伯起之母作〈明故張壽母許孺人墓誌銘〉。 5. 作〈姑蘇除夕丁酉〉記援朝戰役，及懷鄉之情。	1. 十一月泰寧部結土蠻掠沈揚。 2. 授朝軍與日兵大戰於蔚山。 3. 二月，宏道辭吳令獲准與陶石簣等遊東南，成《解脫集》。歸寓真州，作《廣陵集》。	1.〈袁中郎移病南歸〉見《雪濤閣集》，卷一，葉21b，為五律。 2.〈蔽篋集引〉、〈錦帆集序〉等四文見於前揭書，卷八，葉11a、13a、14a、16a。 3. 進之〈與馮太學〉，記誤捘諸生事：「令兄（馮生）事，僕不得為無過，然實無心，時方刑併抗漕頑民，而彼乃匿其儒服，蕭然赭衣皂帽，葡萄地下，先眾人自為……」（見前揭書，卷十二，葉25b。）沈德符《萬曆野獲編》卷二十六諧謔蘇州語條載「……丁酉年，長洲令江盈科以徵糧誤捘一廩生馮姓者……」（《筆記小說大觀》，新興書局，1980年，十五編六冊，頁668。）又范濂《雲間據目抄》卷二亦有「長洲則同心而抗江大尹」之言。（引自傅衣凌，《明代江南市民經濟試探》，谷風出版社，1986年，頁131。）其抗漕詳情如何，筆者尚無法確知。 4.〈明故張壽母許孺人墓誌銘〉見於《雪濤閣集》，卷九，葉11a。 5.〈姑蘇除夕丁酉〉：「誤逐紅塵撇釣槎，五年蹤跡向天涯，風波過眼傷弓鳥，歲月催人赴壑蛇，親在楚江頭似雪，師殲遼海骨如麻，懷鄉憂國情無極，莫怪新添鬢上華。」（見前揭書，卷三，葉31a。）

| 萬曆二十六年戊戌（1598） | 46 | 1. 作〈戊戌元旦感賦〉抒久滯長洲，爲令無奈之情。
2. 五月捐金二百，置學田一百二十畝賙濟長洲寒士。作〈長洲學田記〉。
3. 六月作錢糧徵放冊，以待考成。
4. 冬補吏部主事，以讒忌，五日改大理寺廷尉正，作〈聞報改官〉二首記感。
5. 與金凝虛、張簿等遊西湖。
6. 修復永定寺，建佛殿，修五賢祠。（事未竣，進之已移棘寺）
7. 自毘陵江解維，東往北京棘寺赴任。
8. 撰輯《雪濤閣集》。
9. 作《閒閒草》一卷。 | 1. 土蠻犯遼東。
2. 豐臣秀吉卒，朝鮮事平定。
3. 努爾哈赤掠安緒拉庫路。
4. 四月，袁宏道授順天府教授，七月三袁聚首北平，於崇國寺，組織「葡萄社」講詩論學。（見前揭書，卷八，葉61b。） | 1. 〈戊戌元旦感賦〉：「幾年元旦滯金閶，青鬢蕭疏半已霜，飛寫可能如葉鄂，種花浪復比河陽，鞭箠痛徹疲民骨，杼軸空歌織女章，遼左軍儲星火急，鐲租那得念逃亡。」（《雪濤閣集》，卷三，葉31b。）
2. 置學田事，見《雪濤閣集》卷七〈長洲學田記〉：「……此逢衣解帶者，欲逐效顏子之樂，然簞食瓢飲尚不能具，其奈之何？不肖憫焉，思有以贍之，而官帑匱乏，計無從出，乃稍稍區處二百餘金，置田一百二十畝，名曰學田，歲收米凡六十石，約及青黃不接之際，請于當路，擇士之最艱難者而賑之。」（葉71b）
3. 〈長洲錢穀冊引〉：「不肖科自壬辰歲八月承乏長洲，至今年戊戌六月，大約踰六稔，歷兩考於是稽覈所徵額，課別其出入，條分而總括之，題曰：錢糧徵放冊。」（見前揭書，卷八，葉63a。）
4. 紀改官事：
〈自述〉：「……昔余宰長洲……如此六寒暑……一朝轉銓曹，見者趾相屬，俄而改廷尉，吊者如欲哭。」（見前揭書，卷一，葉4b。）
〈聞報改官〉之一……「六年苦海長洲令，五日浮漚吏部郎……」（見前揭書，卷四，葉1a。）
5. 紀遊西湖之作如〈金凝虛召集西湖〉、〈張簿遊西湖〉、〈西湖兵廟〉等（見前揭書，卷四，葉2b－3b。）
6. 修復永定寺事件詳前揭書卷七，葉35a。
7. 赴棘寺任事見於〈明故陳門章淑人墓誌銘〉有云：「歲戊戌冬，君配章氏捐館，時余自長洲轉銓部，旋改棘 |

				寺，因而別昌甫，將解維東行，君送余毘陵江上……」（見前揭書，卷九，葉26a。） 8.《雪濤閣集》自敘載撰輯經過云：「……比由縣吏量移棘曹，曹務甚簡，于是得肆志于文與詩，凡踰年得襍文三卷，詩三百餘首，合於舊所撰著，總爲十四卷……」（序，葉1b。）知進之任廷尉職後即著手撰輯，事當在萬曆戊戌年。 9.〈閒閒草引〉：「頃量移棘寺……時遇青衿生執秇請正，不覺喜生見獵，漫有撰次，再閱月積十餘首……因自題曰：閒閒草。」
萬曆二十七年己亥（1599）	47	1. 參加「葡萄社」活動。 2. 夙有血疾，以苦思逾甚。 3. 著手編寫《雪濤閣四小書》《皇明十六傳》。 4. 十月作五律——《鄉信》四首，勉鄉民共赴國難，以平播酋。 5. 爲楊應龍兵變事作七言古風——〈蜀中兵起感賦〉。 6. 冬，書子禹疏於桃源故里築兩君子亭。	1. 太監四出徵稅，民怨沸騰，馬堂、陳奉招致民變。 2. 十月以播州楊應龍事，加四川，湖廣田賦。 3. 努爾哈赤製國語，滅哈達。 4. 袁宏道任國子監助教，著《西方合論》《廣莊》。 5. 李贄《藏書》刊於南京。	1.2.4.進之參加葡萄社活動的記載，袁中道〈江進之傳〉中云：「……（進之）承乏廷尉……予伯兄、仲兄及予、皆居京師，與一時名人于崇國寺葡萄林內結社論學，公與焉，……公體素羸（按：當作羸）有血疾，以苦思逾甚。」（《珂雪齋前集》，卷十六，葉35a。）此外袁宗道《白蘇齋類集》卷二有〈夏日黃平倩邀飲崇國寺葡萄林同江進之、丘長孺、方子公及兩弟分韻得閣字〉（葉5b） 4.《鄉信》四首見《雪濤閣集》卷一，葉44a。 5.〈蜀中兵起感賦〉見《雪濤閣集》卷二，葉28b。 6. 兩君子亭成，進之有記云：「己亥之冬，居長安（北京）邸寓，書兒疏爲築亭三間于城北郭。」（見前揭書，卷七，葉46a。）詳紀時地，似追憶口吻，亭成宜在翌年（庚子），記亦當作於此時，且《雪濤閣集》於庚子年刊成，記之作亦不當晚於此年。

萬曆二十八年庚子（1600）	48	1. 孟夏《雪濤閣集》在北京刊成。（袁宏道敘） 2. 恤刑雲貴。	1. 楊應龍敗死。 2. 各省告災，又苦礦稅，兵民多不聊生，官吏以忮稅使，相繼入罪。 3. 袁宏道著《瓶史》，秋，返公安。 4. 茅坤作〈唐宋八大家文鈔總序〉。 5. 袁宗道卒。	1. 《雪濤閣集》自序末，署為「萬曆庚子孟夏月西楚江盈科題」（序葉2b） 2. 《雪濤小書·諧史》云：「庚子歲，余差雲貴恤刑，……蓋恤差屬刑部為政，余時官大理，故云。」（大西洋書局，1968年，頁97。）
萬曆二十九年辛丑（1601）	49	△恤刑滇黔大獄，平反三百餘人。	1. 武昌、蘇州反稅使，民變又起。 2. 利瑪竇至北京。 3. 茅坤卒。	△進之《雪濤小書·談叢一·恤憾》：「余辛丑歲，審錄雲貴，凡纍囚稍有生路者，百計生之。」（葉36a）《湖南·桃源縣志》，卷八〈人物志〉〈江盈科傳〉言「辛丑奉命恤刑滇黔大獄，為平反者三百餘人」（成文出版社，1970年，頁300。）
萬曆三十年壬寅（1602）	50		1. 雲南、廣東、廣西、緬甸等以稅使肆虐變亂。 2. 兩京缺官吏二百零一人，言者請簡補，不報。 3. 李贄、胡應麟卒。	
萬曆三十一年癸卯（1603）	51	1. 在四川。 2. 土試蜀中，陞按察司僉事，視蜀學政。	1. 章疏多留中，群臣諫，不報。 2. 江北水災政虐，民變滋起。 3. 努爾哈赤移居赫圖阿喇。 4. 葡萄社以妖書案解散。 5. 袁中道舉進士。	2. 《湖南·桃源縣志》卷八、人物志〈江盈科傳〉言：「癸卯土試蜀中，受特命為提學僉事」（成文出版社，1970年，頁300。）
萬曆三十二年甲辰（1604）	52	△多作〈雪濤閣四小書〉序。	1. 群臣公疏修舉時政，不省。 2. 武昌民變。 3. 努爾哈赤掠葉赫。 4. 東林書院成立。	△《雪濤閣四小書》自序：「……其官棘寺時，曹務簡省，審讞既畢，佗無所營，乃裒輯舊日所譚說者與其所聞知者，乃論詩之言，戲謔之語為四種，名曰談叢、曰聞紀、曰詩評、曰諧史，彙於一處，括曰：雪濤閣四小書」末紀歲月為「萬曆甲辰冬月穀旦」。

| 萬曆
三十三年
乙巳
（1605） | 53 | △卒於蜀。 | 1. 命稅務歸有司，太監不聽，其虐如故。
2. 蒙古獻馬於努爾哈赤。
3. 袁宏道刻《瓶花集》《瀟碧堂集》。秋，聞進之卒，作〈哭江進之〉五律十首并序。
4. 龍君御（膺）作〈哭江進之督學〉十二首。
5. 屠隆卒。 | △袁宏道〈哭江進之〉序云：「乙巳秋，聞進之兄卒于蜀，余時伏枕慟幾絕，嗟乎！余與進之之交，豈復在口舌間哉？」（《袁中郎全集》，卷三十六，葉17b。）
龍君御〈哭江進之督學〉錄於《湖南、桃源縣志》卷十六藝文志，成文出版社，1970年，頁677。
袁中道〈江進之傳〉：「公竟卒于蜀，得年僅五十……自為令時多所負，其子禹疏以賻金稍稍完之，尚不二三，甚矣，貧吏之苦也。」
按：進之家貧事，其自作詩文屢屢言及，茲不贅舉，唯其享年五十之言，據其〈初度〉（詳一歲附註）自述推算，當為五十三歲。又周質平先生《公安派的文學批評及其發展》附錄二〈袁宏道年表〉1605年條下所列「秋，江盈科卒，年四十九」年齡亦誤。 |

附錄二：江進之著述考

　　進之文學主張，屬於公安一派。袁宏道任吳縣令二載，其官鄰邑長洲，兩人相與講唱詩文，有「江袁」之稱；但仕途睽隔，相處時短，進之探討詩文的論著，載籍者亦寡，故嚮不為研究文學批評者所重視。郭紹虞先生《中國文學批評史》中略帶一筆，但謂「有《雪濤閣集》，未見；今《說郛》中有《雪濤詩評》」；（成偉出版社，？，頁282。）袁小修與之同時，作〈江進之傳〉，記載其生平最稱完備，但言「公（進之）所著述，甚多行于世，茲不具述」，（《珂雪齋前集》，卷十六，葉35b。）故索其著述梗概，則隱晦不明。是以，為闡發幽微，乃參諸進之《雪濤閣集》序論及圖書目錄等，搜輯整理，凡一麟半爪，不論可考與否，悉為錄列如后：

（一）《易經解》

此書著錄於《湖南桃源縣志》卷八人物志、江進之仕蹟條：

> ……海內至以「江袁」並稱，有《易經解》、《雪濤閣集》、
> 《明臣小傳十六種》、《雪濤談叢》、《詩評》、《閨秀詩評》，
> 益有深婉之致。（成文出版社，1970，頁 300。）

《明史藝文志》、《四庫全書總目》、《四庫書目續編》、《臺灣公藏善本書目》皆未見登載，著作時間卷數、內容皆不得其梗概。

（二）《皇明十六種小傳》四卷

《四庫全書總目》卷六十二、史部、傳記類存目四記載：

> ……是書採輯明代軼事，分四綱、十六目，一曰四維，分
> 忠、孝、廉、節四目；二曰四常，分慈、寬、明、慎四目；
> 三曰四奇，分隱、怪、機、俠四目；四曰四凶，分姦、諂、
> 貪、酷四目。大抵委巷之談，自序曰「因閱國乘，摘出三
> 百餘年新異事」者，妄也；如方孝儒之滅族，由殺蛇之報，
> 國史安有是事哉？其分配諸目，如薛瑄入節類，于謙入廉
> 類，姚廣孝姊入隱類，亦往往無義例也。（葉 13b）

又岱原岳〈皇明十六傳小序〉云：

> ……吾友江進之雅以論著顯，居，常慕說古喆，纏纏不休。
> 暇日，則採國史中之奇事，可為法戒者，大約彷世說之意，
> 茸為十六傳而梓之……（《西樓集》，卷十二，葉 12a。）

《明史藝文志》廣編一，卷二、史類、傳記類，列「江盈科《明臣小傳》十六卷」，（世界書局，1963，頁 50。）廣編二、史類、傳記類下列「江盈科十六種小傳一卷」，（見前揭書，頁 619。）當同指此書；《臺灣公藏善本書目》未列，《四庫全書總目》所錄，係以浙江巡撫採進本為據，且與岱原岳所序性質相同，是以此書卷數、內容，宜如《四庫全書總目》所述，大抵為稗官野史，荒誕不經之談。

（三）《循良一助》

著錄於《中國省志彙編之六》藝文志六、史部二，職官類（官箴），頁 5183，（華文書局，1967，第十一冊。）卷數、內容皆不得其詳。

（四）《便蒙格言》

著錄於《中國省志彙編之六》、藝文志七、子部一、儒家類（蒙訓），頁 5201，（華文書局，1967，第十一冊。）卷數不詳，大概為教導幼童誦讀之作，進之未仕前，授徒為業，若有是書之撰，則當在此際。

（五）《雪濤小說》一卷

四十六歲至四十七歲作。萬曆二十六年戊戌至萬曆二十七年己亥。（1598～1599）

江進之《雪濤閣集》自敘云：

> 比由縣吏量移棘曹，曹務甚簡，于是得肆志于文與詩，凡
> 踰年，得襍文三卷，詩三百餘首，合于舊所撰著，總為十
> 四卷……（序，葉 1b。）

《雪濤閣集》詩文合輯，「文」的部分為古論、記文、序文、誌傳、贈文、祭文、赤牘、小說，除古論、小說外，餘皆具有時效性，多酬酢、序記文字，則此襍文三卷當涵小說一卷在內。作於初移棘曹一、二年，時為萬曆戊戌年冬至萬曆己亥年。

此《雪濤小說》一卷，見於清順治刊本，《說郛續》，卷四十五，收錄小說十四篇，皆同見於《雪濤閣集》卷十四小說，（五十二篇）及《亘史外紀》雪濤小說上、下卷中。（上卷二十二篇、下卷三十篇、附二篇）臺灣世界書局《中國筆記小說名著》第一輯，收有此種本。

（六）《雪濤閣四小書》四卷

四十七歲至五十二歲作。萬曆二十七年己亥至萬曆三十二年甲辰。（1599～1604）

江進之《雪濤閣四小書》自序：

> ……其官棘寺時，曹務簡少，審讞既畢，佗無所營乃裒輯
> 舊日所譚說者，與其所聞知者，及論詩之言，戲謔之語，
> 為四種，名曰談叢、曰聞紀、曰詩評、曰諧史、彙于一處，

括曰：雪濤閣四小書。(葉 1a)

序作於萬曆三十二年甲辰多,則是書之作至晚不後於此年,進之移官棘曹係在萬曆二十六年戊戌,初一、二年選集《雪濤閣集》,是以《雪濤閣四小書》之作當稍晚於此,約在萬曆二十七年己亥至萬曆三十二年甲辰間。

　　進之作此書事未見著錄,然其《雪濤閣集》卷四〈謾興〉有「醉中手輯詼諧語,欲學王君(按:王行文)著《耳談》」之語;(葉 37a)且四卷中除聞紀外,談叢、詩評、諧史等皆有單行記載;潘之恒與進之同時,輯《亘史外紀》,卷首〈四小書序〉亦說:

　　　　曩得小說二卷,於《雪濤集》中業爲梓行;而《四小書》
　　　　則從坊間列諸稗史者……語語如奉進之面譚……(葉 1a)

又諧史所錄,有「袁中郎、譚宏道,與予分宰長、吳二邑」之言,(《雪濤小書》,大西洋書局,1968,頁 73。)凡此,皆足爲進之此書作證,廣文書局《古今詩話叢編》(1971)、大西洋書局《中華古籍叢刊》(1968)皆刊有此書,雖標爲《雪濤小書》,所收則僅詩評(含閨秀詩評)與諧史(不含謎語)二卷。

(七)《雪濤談叢》一卷十一篇

　　著錄於《湖南桃源縣志》卷八人物志,江進之仕蹟條(詳一:《易經解》條),及《臺灣公藏善本書目・人名・索引》江盈科條,(中央圖書館,1972,頁 130。)見於清順治刊本《說郛續》卷十六,及明末刊本《五朝小說》中;內有八篇同見於《雪濤閣四小書》譚叢(六十二篇)中。是其述作時期當與《雪濤閣四小書》同時。約在四十七歲至五十二歲,萬曆二十七年己亥至萬曆三十二年甲辰。(1599～1604)

(八)《雪濤諧史》十卷

　　《臺灣公藏善本書目人名索引》江盈科條,(中央圖書館,1972,頁 130。)著錄有《雪濤諧史》十卷,爲明刊本,全書係爲多家合輯,

其中僅第二卷談言，署爲進之輯，第三卷權子，署爲楚黃耿定向著，進之閱，其餘皆與進之無涉。臺灣世界書局《中國笑話書》則收有《雪濤諧史》一卷、一百三十三則，（1985 年八版）所錄同見於《雪濤閣四小書》卷諧史（一百六十則）中。

（九）《談言》一卷十一篇

著錄於《中國省志彙編之六》藝文志八、子部二、雜事類，頁5214。（華文書局，1967，第十一冊。）見於明刊本《雪濤諧史》卷二與八《雪濤諧史》條互參，及清順治刊本《說郛續》卷四十五；臺灣世界書局《中國笑話書》中收有此書。（1985 年八版）其中僅〈李西涯〉（葉 4a）篇，同見於《雪濤閣四小書》譚叢（葉 8a）中。

（十）《亘史外紀》六卷，潘之恒序、俞思燁敍

或稱《亘史鈔》，爲進之所撰，潘之恒刪定，吳公勵校刊，萬曆四十年壬子（1612）勒成。書六卷，前四卷即《雪濤閣四小書》，後二卷同見於《雪濤閣集》卷十四小說，雖分上下二卷，其篇數則同爲五十二，唯增「附」二篇；篇目有七篇略作一字增益，內容則毫無二致。此書著錄於《日本、內閣文庫漢籍分類目錄》子部，（1970，頁238。）及《臺灣公藏善本書目人名索引》江盈科條，（中央圖書館，1972，頁 130。）原書藏於中央圖書館，坊間有抽繹詩評、諧史、小說等與他書合編者，至於六卷合刻成書，則尙未見。

（十一）《雪濤閣集》十四卷，袁宏道序

萬曆二十八年庚子（1600）於北京刊行。

著錄於《四庫書目續編》卷十三別集類、（臺灣世界書局，1967年再版，頁 324，按：原孫耀卿撰《販書偶記》。）《湖南桃源縣志》卷八人物志江進之仕蹟條（詳一《易經解》條）、《臺灣公藏善本書目人名索引》江盈科條。（中央圖書館，1972，頁 130。）

此書爲進之弟盈衽所輯，作品至晚不後於萬曆二十八年，亦間雜有未出仕的少作，故其自敍有「合於舊所撰著」之語。（葉 1b）原書

藏於中央圖書館，坊間未見梓行。

（十二）《桃源洞天草》一卷

進之未仕前與友人結社桃源洞所作。其《雪濤閣集》卷八〈桃花洞天草引〉言：

> ……然則洞天之景，四序流易，吾人乘而行樂，與景俱適……時以天趣所會發爲文詞，誠不自知工與不工，而就今筐笥所貯，要不可謂非洞天中來也……茲纂集之，以著一時相聚之雅云爾。（葉60b）

此書著錄於《中國省志彙編之六》藝文志十四、集部六（酬和），頁5303，（華文書局，1967，第十二冊。）書則未見。

（十三）《求砭草》一卷

萬曆十四年丙戌（1586）付梓。進之《雪濤閣集》卷八〈求砭草序〉說：

> ……歲乙酉濫竽鄉薦，輒又困公車。將所爲博士業者，皮膚色澤尤幸無恙，而中內關有不可知之病耶，誠不自解。因檢近作數十章，附剞劂氏，遍謁諸大方家：儻遇俞扁氏，憐其疣痏，一發藥乎？庶幾有瘳焉……（葉59b）

萬曆十三年乙酉鄉試，則困公車爲萬曆十四年丙戌，是此書付梓當在此年，寫作時期則約當萬曆十三、十四年。

書未見著錄，今亦佚失。

（十四）《閒閒草》一卷

萬曆二十六年戊戌（1598）作。

進之《雪濤閣集》卷八〈閒閒草引〉言：

> ……頃量移棘寺，棘寺閒曹也，一無事事，時遇青衿生執秪請正，不覺喜生獵，漫有撰次，再閱月，積十餘首……因自題曰：閒閒草。（葉61b）

移官棘曹，事在萬曆二十六年戊戌多，閱月書成，是書當作於此年。

書未見著錄，今亦佚失。

（十五）《雪濤詩評》一卷

著錄於《湖南桃源縣志》卷八人物志、江進之仕蹟條（詳一：《易經解》條），《中國省志彙編之六》藝文志十四，集部六（評論），頁5306，（華文書局，1967，第十二冊。）《臺灣公藏善本書目人名索引》江盈科條，（中央圖書館，1972，頁130。）見於清順治刊本，《說郛續》卷三十四，明末刊本、《古今詩話》中，與《雪濤閣四小書》卷三詩評，內容相同，其寫作時期亦當同時，約在四十七歲至五十二歲，萬曆二十七年己亥至萬曆三十二年甲辰，（1595～1604）廣文書局《古今詩話叢編》、（1971）大西洋書局《中華古籍叢刊》皆收有此書。（1968）

（十六）《閨秀詩評》一卷

見於清順治刊本《說郛續》卷三十四，在《雪濤閣四小書》中，係附於「詩評」之後，同為卷三，故其寫作時期，著錄書目，及坊間刊行情形，皆與十五：《雪濤詩評》相同。

重要參考書目

一、原　典

1. 江盈科，《雪濤閣集》，明萬曆二十八年，庚子（1600）西楚江氏北京刊本，中央圖書館藏。

2. 江盈科，《亘史鈔》，明萬曆四十年，壬子（1612）吳公勵校刊本，國立中央圖書館藏。

3. 江盈科，《雪濤諧史》，明刊本，國立中央圖書館藏。又見於楊家駱主編，《中國笑話書》，世界書局，1961 年初版，1985 年 11 月八版。

4. 江盈科，《雪濤談叢》，清順治（1644－1661）刊本，《說郛續》卷十六，中央圖書館藏。

5. 江盈科，《雪濤詩評》，清順治刊本，《說郛續》卷三十四，中央圖書館藏。

6. 江盈科，《閨秀詩評》，清順治刊本，《說郛續》卷三十四，中央圖書館藏。

7. 江盈科，《談言》，清順治刊本，《說郛續》卷四十五，中央圖書館藏。又見於楊家駱主編，《中國笑話書》，世界書局，1961 年初版，1985 年 11 月八版。

8. 明‧江盈科，《雪濤小說》，清順治刊本，《說郛續》卷四十五，中央圖書館藏。

9. 明‧天都外史、冰華生輯，《雪濤小書》，《中華古籍叢刊》（二十一），大西洋書局，1968 年 4 月。又見於《古今詩話叢編》，廣文書局，1971 年 9 月。

10. 清‧余良棟、劉鳳苞纂，《〈論文〉等一百五十篇》，見於清光緒十

八年（1892）刊本，中國方志叢書，華中地方一一一一號，《湖南桃源縣志》，成文出版社，1970 年台一版。

二、相關史著

1. 孟森，《明代史》，國立編譯館，1957 年 2 月印行，1979 年 12 月三版。

2. 《中國歷史大事年表》，華世出版社，1986 年 3 月。

3. 《明朝史略》，帛書。

4. 明·沈德符，《萬曆野獲編》，《筆記小說大觀》十五編第六冊，新興書局，1977 年 1 月。

5. 費孝通等著，《皇權與紳權》，1948 年 12 月初版。

6. 傅衣凌，《明代江南經濟試探》，谷風出版社，1984 年 9 月。

7. 周氏，《中國社會之結構》，文學史料研究會。

8. 明·黃宗羲，《明儒學案》，河洛出版社，1974 年 12 月台影本。

9. 錢穆，《中國近三百年學術史》，商務印書館，1937 年 5 月初版，1987 年 3 月台九版。

10. 牟宗三，《才性與玄理》，學生書局，1962 年初版，1983 年 8 月修訂六版。

11. 錢穆，《中國思想史論叢（七）》，東大圖書公司，1979 年 7 月初版，1984 年 9 月再版。

12. 龔鵬程，《思想與文化》，業強出版社，1986 年 4 月。

13. 余英時，《中國思想傳統的現代詮釋》，聯經出版社，1987 年 3 月。

14. 林慶彰等著、淡江中文系主編，《晚明思潮與社會變動》，弘化出版社，1987 年 12 月。

15. 謝國楨，《明末清初的學風》，仲信出版社。（未著出版年月）

三、工具類書

1. 清·曾國荃等撰，《中國省志彙編之六──藝文志》，清光緒十一年乙酉（1885）重刊本，華文書局，1967 年 8 月。

2. 清·永瑢等撰，《四庫全書總目》，藝文印書館，1964 年 10 月再版。

3. 楊家駱編，《四庫書目續編》（原：孫耀卿販書偶記），中國目錄學名著第二輯第七冊，世界書局，1967 年 8 月再版。

4. 田繼綜編，《八十九種明代傳記綜合引得》，哈佛燕京學社第二十四號，1966 年，台北。

5. 《日本內閣文庫漢籍分類目錄》，日本內閣文庫，1970 年 8 月影本。

6. 中央圖書館編，《台灣公藏善本書目人名索引》，中央圖書館，1972 年 8 月。

四、文學批評彙編

1. 宋·胡仔，《苕溪漁隱叢話》，《中國筆記小說大觀》第二十五編一冊，新興書局，1983 年 3 月。

2. 清·董文煥，《聲調四譜》，廣文書局，1974 年 8 月。

3. 邵紅編，《明代文學批評資料彙編》，成文出版社，1979 年 9 月初版，1981 年 3 月再版。

4. 丁福保編，《清詩話》，西南書局，1979 年 11 月。

5. 郭紹虞編，《清詩話續編》，木鐸出版社，1983 年 12 月。

6. 臺靜農編，《百種詩話類編》，藝文印書館，1974 年 5 月。

7. 郭紹虞等著，《中國歷代文論選》，木鐸出版社，1981 年 4 月。

8. 丁福保編，《歷代詩話續編》，木鐸出版社，1983 年 9 月。

9. 華諾編繹組，《文學理論資料匯編》，華諾出版社，1985 年 10 月。

五、文學史著

1. 清·錢謙益，《列朝詩集小傳》，世界書局，1961 年初版，1985 年 2 月三版。

2. 清·陳田輯，《明詩紀事》，中華書局，1971 年 7 月台一版。

3. 錢基博，《明代文學》，商務印書館，1973 年 11 月台一版，1984 年 4 月台二版。

4. 葉慶炳等著，《中國文學講話（九）明代文學》，巨流出版社，1987 年 5 月。

5. 日·吉川幸次郎著、鄭清茂譯，《明清詩概說》，幼獅文化事業公司，1986 年 6 月。

6. 羅根澤，《中國文學批評史》，學海出版社，1980 年 8 月再版。

7. 郭紹虞，《中國文學批評史》，成偉出版社，1980 年 11 月。又見於文匯堂新版。

8. 日·鈴木虎雄著、洪順隆譯，《中國詩論史》，商務印書館，1972 年 9 月初版，1979 年 9 月二版。

9. 劉文杰，《中國文學批評史》，文匯堂，1985 年 11 月。

10. 羅聯添編,《中國文學史論文選集續》,學生書局,1979 年 4 月。

11. 《新編中國文學史》,復文試印本。

六、文學論集

1. 明・袁宗道,《白蘇齋類集》,偉文出版社,1976 年 9 月。

2. 明・袁宏道,《袁中郎全集》,偉文出版社,1976 年 9 月。

3. 明・袁中道,《珂雪齋前集》,偉文出版社,1976 年 9 月。

4. 明・袁中道,《珂雪齋近集》,偉文出版社,1976 年 9 月。

5. 明・鍾惺,《隱秀軒集》,偉文出版社,1976 年 9 月。

6. 陳萬益,《晚明性靈文學思想研究》,台大博士論文,1977 年。

7. 陳少棠,《晚明小品論析》,香港:波文書局,1981 年 2 月。

8. 田素蘭,《袁中郎文學研究》,文史哲出版社,1982 年 3 月。

9. 周質平,《公安派的文學批評及其發展》,商務印書館,1986 年 5 月。

10. 徐復觀,《中國文學論集》,學生書局,1965 年初版,1985 年 1 月 六版（學五版）。

11. 范文瀾,《文心雕龍注》,開明書店,1973 年 10 月。

12. 鄭騫等著,《中國古典文學論叢——詩歌之部》,中外文學,1976 年 5 月。

13. 吳宏一,《清代詩學初探》,學生書局,1976 年初版,1986 年 1 月 修訂再版。

14. 黃永武,《中國詩學——鑑賞篇》,巨流出版社,1977 年一版三印。

15. 葉維廉,《飲之太和》,時報出版社,1980 年 1 月。

16. 劉若愚著、杜國清譯,《中國文學理論》,聯經出版社,1981 年 9 月。

17. 徐復觀,《中國文學論集續編》,學生書局,1981 年 10 月初版,1984 年 9 月再版。

18. 朱光潛,《詩論》,漢京文化公司,1982 年 12 月。

19. 錢鍾書,《新編談藝錄》,1983 年 5 月排印本。

20. 龔鵬程,《江西詩社宗派研究》,文史哲出版社,1983 年 10 月。

21. 廖蔚卿,《六朝文論》,聯經出版社,1985 年 3 月。

22. 劉若愚著、杜國清譯,《中國詩學》,幼獅文化事業公司,1985 年 6 月。

23. 龔鵬程，《文學散步》，漢光文化事業公司，1985 年 9 月。

24. 郭紹虞，《照隅室古典文學論集》，丹青圖書公司，1985 年 10 月。

25. 徐壽凱，《中國古代藝文思想漫話》，木鐸出版社，1986 年 1 月。

26. 龔鵬程，《詩史本色與妙悟》，學生書局，1986 年 4 月。

27. 蔡英俊，《比興物色與情景交融》，大安出版社，1986 年 5 月。

七、美學論著

1. 《中國繪畫美學史稿》，木鐸出版社，1986 年 6 月。

2. 葉朗，《中國美學史大綱》，滄浪出版社，1986 年 9 月。

3. 徐復觀，《中國藝術精神》，學生書局，1966 年 2 月初版，1984 年 10 月八版。

4. 姚一葦，《藝術的奧秘》，開明書局，1968 年 2 月初版，1985 年 10 月十版。

5. 王夢鷗，《文藝美學》，遠行出版社，1976 年 3 月。

6. 姚一葦，《美的範疇論》，開明書局，1978 年 9 月初版，1985 年 3 月三版。

7. 顏崑陽，《莊子的藝術精神析論》，華正書局，1985 年 7 月。

8. 朱孟實等著，《中國古代美學藝術論》，木鐸出版社，1985 年 9 月。

9. 李澤厚，《美的歷程》，元山書局，1985 年。